OS CINCO ANCESTRAIS

Dragão
龍

Jeff Stone

Outros livros da série

OS CINCO ANCESTRAIS

Tigre
Macaco
Serpente
Garça
Águia
Rato

OS CINCO ANCESTRAIS

Dragão
龍
Jeff Stone

Tradução
Rita Sussekind

PAVIO

Título original
THE FIVE ANCESTORS
Book 7
DRAGON

Esta é uma obra de ficção. Personagens, incidentes e diálogos foram criados pela imaginação do autor e sem a intenção de aludi-los como reais. Qualquer semelhança com acontecimentos reais ou pessoas, vivas ou não, é mera coincidência.

Copyright do texto © 2010 *by* Jeffrey S. Stone
Copyright ilustração capa (c) 2010 *by* Richard Cowdrey
Todos os direitos reservados.

THE FIVE ANCESTORS é uma marca registrada de Jeffrey S. Stone

Edição brasileira publicada mediante acordo
com a Random House Children's Books,
uma divisão da Random House, Inc.

Direitos para a língua portuguesa reservados
com exclusividade para o Brasil à
EDITORA ROCCO LTDA.
Av. Presidente Wilson, 231 – 8º andar
20030-021 – Rio de Janeiro, RJ
Tel.: (21) 3525-2000 – Fax: (21) 3525-2001
rocco@rocco.com.br | www.rocco.com.br

Printed in Brazil/Impresso no Brasil

Preparação de originais
KARINA PINO

CIP-Brasil. Catalogação na fonte.
Sindicato Nacional dos Editores de Livros, RJ

S885d
Stone, Jeff
Dragão / Jeff Stone; tradução de Rita Sussekind. – Primeira edição – Rio de Janeiro: Pavio, 2013.
(Os cinco ancestrais; v.7)

Tradução de: The five ancestors, book 7: Dragon
ISBN 978-85-61396-26-8

1. Artes marciais – Literatura infantojuvenil. 2. Relação homem-animal – Literatura infantojuvenil. 3. Literatura infantojuvenil inglesa. I. Sussekind, Rita. II. Título. III. Série.

| 12-8325 | CDD – 028.5 | CDU – 087.5 |

O texto deste livro obedece às normas do Acordo
Ortográfico da Língua Portuguesa.

Para Jim Thomas, por ter me estimulado a começar; e para R. Schuyler Hooke, por ter me mostrado o caminho de volta.

Dragão

龍

Jeff Stone

OS CINCO ANCESTRAIS

Província de Henan, China
4348 – Ano do Tigre
(1650 d.C.)

Capítulo 1

Long, de 13 anos, mancou pelo túnel do Clube da Luta de Xangai com um rio de sangue escorrendo pela coxa direita e o peso de uma nação nos ombros. Olhou para o líquido escarlate saindo da perna atada e para a corrente firme vazando do braço esquerdo.

Bela história por vencer o Campeonato do Clube da Luta. Antigos campeões conquistaram posições privilegiadas na hierarquia militar do exército do Imperador. Long conquistou um alvo na cabeça.

Equilibrado em seus ombros poderosos, o homem gigantesco e inconsciente conhecido como Xie — o Escorpião. Xie fora o guarda-costas pessoal do Imperador, mas há mais ou menos 15 minutos se tornara, assim como Long, um fugitivo.

Long precisava seguir. Certamente haveria soldados atrás dele, seguindo as instruções do novo Caudilho do Sul — Tonglong, o Louva-a-deus. Contudo, Long não tinha tempo para pensar neles, nem onde se encontravam. Tinha um assunto mais urgente para cuidar. Precisava controlar a pulsação. Se continuasse nesse ritmo, o coração acelerado logo faria seu corpo secar.

Long — o Dragão — iniciou uma sequência respiratória que diminuiria o ritmo cardíaco para desacelerar o fluxo sanguíneo. Duas inspiradas curtas, uma expirada longa. Sentiu a diferença imediatamente.

Continuou pelo chão sujo do túnel, mas uma sensação estranha no *dan tien* — o centro de seu *chi* — trouxe um senso repentino de pavor. A parte inferior do abdômen começou a esquentar e o intestino a girar como uma bola de cobras. Alguém se aproximava.

— Dragão Dourado? — sussurrou uma voz pequena pelo corredor escuro atrás dele. — Long? Você está aí?

Long parou e franziu o rosto. Era ShaoShu — o Ratinho. ShaoShu utilizou o nome de Long no Clube da Luta: Dragão Dourado. Long virou-se e observou o menino de corpo extraordinariamente flexível se aproximar pela direção da qual viera.

— Volte, ShaoShu — sussurrou Long. — Volte para Tonglong. Não estará seguro comigo.

— Não me importo — respondeu ShaoShu. — Quero ajudar. Você está machucado, e... Hey! — ganiu, apontando para Xie. — Xie está vivo! O braço dele acabou de se mover. Como pode ser? Vi Tonglong dar um tiro no peito dele.

— Xie está com armadura de batalha sob a túnica — disse Long. — O choque da bala de Tonglong só fez com que ele desmaiasse. Provavelmente quebrou uma costela, ou duas, mas só isso. Deverá ficar bem quando acordar.

ShaoShu olhou para os braços fortes de Long e para o tórax espesso.

— Você está carregando ele *e* a armadura de batalha? Mas você nem é um homem feito ainda. Como ficou tão forte?

— Exercícios — respondeu Long. — Agora vá.

— Mas posso ajudar — disse ShaoShu. — Viu o que aconteceu lá atrás com o Imperador e Tonglong? Você não pode fazer isso sozinho.

— Vi — disse Long. — Tonglong matou o pai de Xie, o Caudilho do Oeste. Também matou a própria mãe, AnGangseh. É louco, mas conseguiu sequestrar o Imperador, e isso o torna perigoso e poderoso.

— Louco mesmo — disse ShaoShu. — E vai matá-lo também, se conseguir pegá-lo. Por que está carregando Xie por aí? Deixe-o. Ele sempre foi mau com você.

— Para meus irmãos e irmãs de templo terem alguma chance de impedir Tonglong de controlar o país, precisaremos da ajuda de Xie. Ele ainda é um homem muito poderoso. Aliás, é o Caudilho do Oeste agora. Ele...

Long parou no meio da frase ao ver o corpo de ShaoShu ficar rígido e o nariz se contrair.

— Uh-oh — disse ShaoShu.

Long focou a atenção no túnel escuro do clube além de ShaoShu, e seu *dan tien* começou a girar e mexer. Mais pessoas estavam vindo.

— Ouça — sussurrou Long para ShaoShu. — Você deve retornar para Tonglong agora ou escapar por conta própria. Não pode ficar comigo.

— O que você vai fazer?

— Vou levar Xie para um lugar seguro, depois me encontrarei com meus irmãos e irmã no norte. Agora vá.

Long virou-se para sair, mas seu pé escorregou em uma piscina do próprio sangue. Perdeu o equilíbrio, e o corpo gigantesco de Xie deslizou pelos ombros, arrastando-o para o lado. A perna machucada cedeu, e ele caiu. A cabeça de Xie bateu na parede do túnel, que acordou instantaneamente com o impacto.

Xie sentou-se, completamente alerta, como um veterano de luta que tivesse sido nocauteado apenas para acordar lutando.

— O que está acontecendo? — perguntou Xie, levantando-se cambaleando. Ele se balançou e em seguida se recompôs, sólido como uma montanha. Esfregou a cabeça com a mão e sentiu a cavidade na armadura do peito com a outra.

— Estamos sendo caçados — disse Long. Ele percebeu quando o reconhecimento e, em seguida, a lembrança inundaram os olhos de Xie.

Xie grunhiu e olhou para o começo do túnel.

Long girou-se para ver dois soldados se aproximando, um alto e outro baixo. Cada um trazia uma pistola. Os soldados pararam quase ao alcance de Long e Xie. O mais alto limpou a garganta.

— Desculpe-nos, senhor — disse o mais alto para Xie —, mas o senhor está preso. O Caudilho do Sul, Tonglong, ordenou que o capturássemos e o Dragão Dourado também. Vocês dois, por favor, venham conosco e mantenham uma distância razoável. Nossas ordens são para levá-los, vivos ou mortos. Não hesitaremos em atirar se algum dos dois se aproximar demais ou tentar fugir.

O coração de Long apertou. Em uma briga normal, poderiam ter chance, mas, contra armas de fogo e curta distância, todas as habilidades de kung fu no mundo não ajudariam. Olhou para ver a reação de ShaoShu, mas ele não estava mais lá.

Long estava prestes a olhar para Xie quando notou um borrão de movimento atrás do soldado mais alto. Parecia que ShaoShu não tinha ido muito longe.

ShaoShu surgiu das sombras e enterrou os dentes na panturrilha direita do soldado mais alto, que soltou um uivo, tentando acertar uma coronhada na cabeça de ShaoShu. Mas o menino se abaixou o suficiente para evitar o golpe.

O soldado mais baixo olhou de lado para o parceiro para ver o que estava acontecendo, e naquele instante Xie atacou. Long nunca tinha visto um homem tão grande como ele se movendo tão rápido. Xie percorreu a distância entre ele e o segundo soldado com um passo tão veloz, como um raio, e deu um soco no nariz do soldado com tanta força que Long ouviu o rosto do sujeito rachar.

O soldado mais baixo caiu. E não voltaria a se levantar.

O mais alto se ajeitou e apontou a pistola para Xie, Long então entrou em ação. Saltou com a perna que estava boa e aterrissou agachado sobre o pé esquerdo, fora do alcance do soldado mais alto. Long virou o corpo, levantando a perna direita machucada, e atingiu a parte externa do joelho direito do soldado, com a força de um dragão girando a cauda.

O soldado gritou quando seu joelho estalou, e Long fez uma careta enquanto o rasgo na própria perna aumentava. Seus olhos começaram a lacrimejar e, através das lágrimas, viu Xie aplicar uma cotovelada na cabeça do soldado mais alto. Esse homem também não voltaria a se levantar.

Xie chutou os soldados de lado e se ajoelhou ao lado de Long.

— Obrigado. Talvez deva minha vida a você.

— Não foi nada — respondeu Long com uma voz cansada.

— Você está bem? — perguntou Xie. — Seu rosto está inteiramente pálido. Acho que perdeu muito sangue. Deixe-me carregá-lo, Dragão Dourado.

O orgulho de Long queria recusar a oferta, mas o bom senso aceitou. Estava tonto.

— Obrigado a *você* — disse. — Mas, por favor, me chame de Long. Meu nome verdadeiro é esse. O Dragão Dourado está morto.

— Como quiser.

Xie pegou Long nos braços, e quando este olhou para baixo viu ShaoShu tirando pedaços de tecido dos dentes.

ShaoShu sorriu.

— Como me saí?

Xie riu.

— Nunca tinha ouvido falar em kung fu estilo rato antes de hoje. Muito bem, pequenino.

— Sim, muitíssimo bem — disse Long.

ShaoShu alegrou-se.

— Poderia me fazer um favor, ShaoShu? — perguntou Xie. — Ponha as pistolas dos soldados na minha faixa.

— Claro — disse ShaoShu. Rapidamente pegou as armas, travou-as, e as colocou atrás da faixa larga de Xie. Em seguida olhou para Long. — É melhor que eu volte logo para Tonglong antes que ele desconfie. Continuarei espiando e tentarei descobrir uma maneira de transmitir informações para vocês.

— Ainda acho que você deveria fugir — disse Long, com a voz muito fraca —, mas estou cansado demais para discutir. Cuidado, e não fique mais do que o necessário com Tonglong. Você se lembra como encontrar Hok e os outros, certo?

— Claro — respondeu ShaoShu. — Ir até o restaurante Jade Fênix na cidade de Kaifeng. Procurar por Yuen.

— Isso mesmo — disse Long. — Obrigado, Shao-Shu.

— Sim, muito obrigado, Ratinho — acrescentou Xie. ShaoShu sorriu e desapareceu pelo túnel.

Long suspirou e olhou para Xie. Nunca tinha se sentido tão exausto.

— Tem uma saída à frente. Você conhece?

— Conheço. Vamos.

Xie prosseguiu pelo túnel com Long sangrando em seus braços. Manteve-se nas sombras e se moveu como o escorpião que o nomeava, seguro de si, e ao mesmo tempo cauteloso em cada curva, cada entrada. Long se esticava o máximo que podia, apagando tochas penduradas nas paredes de pedra do túnel, para colocar um amortecedor entre eles e qualquer problema que aparecesse. Com isso eles prosseguiram mais lentamente, mas o esforço foi justificado. Ninguém os alcançou e eles chegaram seguros à saída.

Long resmungou quando Xie o colocou no chão de terra do túnel. Xie permaneceu em silêncio e se ajoelhou, fazendo com que sua figura gigantesca ficasse o mais escondida possível, em seguida abriu a porta de saída e espiou o lado de fora.

— Não estou vendo ninguém — sussurrou Xie.

— Tonglong ainda deve estar em processo de cercar o perímetro. É melhor corrermos.

— Deixe-me ver — sussurrou Long.

Xie se inclinou para trás, e Long se reposicionou para encarar a porta. Mesmo esse pequeno esforço o deixava tonto. Cuidadosamente esticou a cabeça no ar noturno e descobriu que a lua estava brilhante. Xie parecia estar correto. A área parecia livre.

Long recuou a cabeça para dentro.

— E se houver atiradores nos telhados?

— Teremos que correr o risco. Talvez ainda não tenham tido tempo para isso. Meu palpite é que Tonglong está ocupado com outras coisas. Nos encontrar é secundário em relação a outros objetivos mais importantes. Vai cuidar, primeiro, do Imperador.

Long sentiu tensão na voz de Xie e pensou novamente no que havia visto mais cedo. Tonglong tinha matado duas pessoas a sangue-frio.

Long estremeceu.

— Sinto muito pelo seu pai.

Xie cerrou os dentes.

— É Tonglong que vai sentir.

Long não duvidava de Xie. Inclinou-se contra a porta novamente e sentiu o *dan tien* começar a tremer. Havia alguém ali. Tentou examinar os telhados, e percebeu que a visão estava ficando turva devido à exaustão e à perda de sangue. Fez um esforço para focar no luar, mas de nada adiantou.

— Está vendo alguma coisa? — perguntou Long.

— Minha visão está falhando.

Xie se levantou cuidadosamente e se inclinou sobre Long, olhando para fora.

— Sim! — respondeu Xie. — Estou vendo alguma coisa em um dos telhados próximos. Parece ser... — Interrompeu-se.

— Parece ser o quê? — perguntou Long.

— Pode me chamar de louco, mas parece um macaco saltitando e balançando o braço.

Long sentiu uma ponta de esperança.

— O macaco está sozinho?

— Acho que sim. Está parcialmente coberto pela sombra, e... espere! *Tem* mais alguém. Uma mulher, ou talvez uma menina alta. Está com um vestido branco e um turbante da mesma cor. Deslizou rapidamente para fora das sombras da lua ao lado do macaco e em seguida acenou com a cabeça em nossa direção e recuou. Se eu fosse supersticioso, diria que era um fantasma. Nunca vi um humano se mover com tanta graça.

Long sorriu, agora ele próprio imerso em um mundo de sombras.

— Me pegue e corra até eles o mais rápido que puder. Parece que ainda há esperança para nós.

E Long desmaiou.

Capítulo 2

— ShaoShu! — irritou-se Tonglong. — Por onde você andou? Eu estava prestes a mandar uma equipe de buscas atrás de você.

ShaoShu se apressou em sair do túnel do Clube da Luta de Xangai e parou diante de Tonglong, de 29 anos, que estava na entrada dos fundos. ShaoShu lutou para recobrar o fôlego.

— Eu me perdi, senhor — mentiu. — Peço desculpas. Vamos a algum lugar?

— Vamos sim — disse Tonglong. — Até a Cidade Proibida. Venha comigo.

Tonglong passou a trança longa e espessa por cima do ombro, prendendo a ponta na faixa. Foi em direção a um grupo de quatro soldados que o esperavam na porta da saída. Os homens estavam com túnicas de seda e calças do uniforme da elite do exército de Tonglong no Sul e traziam um objeto grande enrolado em um lençol. ShaoShu percebeu que havia uma pessoa dentro, enrolada como um rolinho primavera.

— É assim que pretendem transportar a carga? — perguntou Tonglong, enquanto atravessava a porta, noite adentro.

— Sim, senhor — respondeu um dos soldados.

— Muito bem.

ShaoShu chegou à porta de saída e viu um burro preso a uma carroça. Ao lado da carroça havia um imundo caixote retangular de madeira. Buracos para ventilação haviam sido feitos em intervalos na parte superior, de cada lado, grandes dobradiças afixadas em um dos lados e um gancho pesado no outro. A julgar pelo cheiro, ShaoShu imaginou que o caixote já tinha sido abrigo de porcos.

— Acredito que seja grande o bastante — disse o soldado a Tonglong —, mas nem todos concordam comigo.

— Descubra — disse Tonglong. — Abram.

Os homens fizeram como ordenado, e Tonglong foi até o lado oposto do caixote para observar mais de perto o interior. Os soldados também foram e começaram a manipular o pacote, que se contorcia, para ver como poderia caber no caixote. Uma parte do embrulho soltou, e ShaoShu teve um vislumbre de seda amarela brilhante. Isto confirmou suas suspeitas. Apenas uma pessoa em toda a China podia vestir amarelo, e essa pessoa era o Imperador. O amarelo simbolizava a conexão divina do Imperador com o sol.

ShaoShu não sentia grande devoção pelo Imperador, mas sentia pena de qualquer um que fosse maltratado. Ficou de costas para o espetáculo e notou alguma coisa se movendo muito rápido e baixo ao longe no chão. À primeira vista, parecia uma sombra grande. Contudo, depois de olhar fixamente, ShaoShu percebeu que só podiam ser Xie e Long!

Observou com o canto do olho enquanto eles cruzavam o espaço aberto e passavam, sem ser detectados, por trás de uma construção. ShaoShu olhou para Tonglong e para os soldados, mas ainda estavam ocupados com o Imperador.

ShaoShu arriscou olhar para Xie e Long mais uma vez. Viu uma figura aparecer e flutuar para a beira do telhado. Era Hok! Virou-se para ele e apontou para o prisioneiro enrolado. Hok pareceu assentir, em seguida simplesmente desapareceu.

ShaoShu sorriu e olhou para o grupo de soldados. Um deles o encarou.

— Qual é a graça?

— Hum, nada, senhor — respondeu ShaoShu, nervoso. Percebeu que continuava com o braço esticado e o abaixou.

Tonglong olhou para ele do outro lado do caixote de porcos.

— Para onde estava apontando?

Os olhos de ShaoShu se fixaram no amarelo que aparecia pelo embrulho do prisioneiro, e um dos soldados riu em voz alta.

— *É* bem engraçado, não é? — disse ele. — Confiscamos as vestes do Imperador, o que significa que até a roupa íntima dele é amarela! — O soldado riu, e rapidamente arrumou os cobertores para esconder o tecido amarelo. Até Tonglong riu.

ShaoShu se virou de costas. Realmente não estava com vontade de rir. Atrás dele, ouviu o Imperador sendo colocado no caixote dos porcos e algo que soava como um cadeado enorme sendo colocado no gancho.

Uma comoção no Clube da Luta chamou a atenção de ShaoShu, e ele se virou para ver dois soldados correndo em direção a Tonglong e os outros. Ao contrário dos quatro soldados ao lado do caixote, esses homens vestiam túnicas de seda preta e calças azuis. Eram os soldados do Caudilho do Leste.

Os dois recém-chegados se colocaram ao luar e se curvaram diante de Tonglong. Um deles disse:

— Temos notícias, senhor.

— Têm? — perguntou Tonglong.

— Deixe-me começar dizendo que é uma honra servi-lo, senhor. Fomos informados de que nosso Caudilho do Leste renunciou ao comando por você.

Tonglong assentiu, e o homem prosseguiu:

— E sinto informar que não conseguimos localizar o Dragão Dourado ou o corpo de Xie. Aliás, deparamos com evidências que indicam que Xie ainda pode estar vivo.

As sobrancelhas de Tonglong se ergueram em surpresa.

— Vivo? Que evidências?

— Houve um ataque nos túneis, senhor. Dois de nossos homens foram encontrados mortos. O local estava cheio de pegadas do tamanho das de Xie.

— Mas dei um tiro no peito dele.

— Sim, senhor. Era sabido que Xie usava armadura sob as roupas.

Tonglong cerrou os dentes.

— Entendo. Presumo que tenha mandado homens atrás dele, assim como do Dragão Dourado?

— Mandamos, senhor. Há mais de 100 soldados vasculhando o Clube da Luta neste instante.

— Mantenha-me informado.

— Perfeitamente, senhor.

Tonglong cuspiu, e um pouco de saliva atingiu o sapato do segundo soldado do Leste. O homem deu um pulo para trás, com uma expressão de repugnância no rosto.

Tonglong encarou o homem, e a expressão deste mudou para medo. Começou a mexer os pés, nervoso.

— Algum problema? — perguntou Tonglong.

O segundo soldado se ajeitou.

— Não, senhor!

— Tem certeza?

— Sim, senhor.

— Bem, eu acredito que tenha — disse Tonglong. — Se você se encolhe desse jeito com um pouquinho de saliva, como vai reagir quando o sangue começar a ser derramado?

— Desculpe, senhor.

Tonglong cerrou os olhos.

— De quantas batalhas você participou?

O homem pareceu confuso.

— De nenhuma, senhor. Há mais de 100 anos só tivemos paz nesta região.

Tonglong agarrou o cabo da espada.

— Então talvez eu precise ajudar vocês, soldados do Leste, a se acostumarem com derramamento de sangue.

— Peço desculpas, senhor — disse o soldado. — Eu...

As palavras do homem foram interrompidas pelo som da espada de Tonglong cortando o ar. A lâmina se moveu mais rápida e poderosamente do que Shao-Shu poderia imaginar. Passou facilmente pela cabeça do soldado como se não fosse mais do que um pêssego maduro demais, espirrando sangue pelo torso do primeiro soldado.

O segundo soldado caiu morto, e ShaoShu conteve um grito. A espada de Tonglong saiu da capa para um golpe mortal num piscar de olhos.

Tonglong voltou-se para o primeiro soldado, e o homem caiu de joelhos.

— Por favor, poupe-me, senhor — disse com a voz trêmula.

— Cale-se — disse Tonglong. — De pé.

O soldado se levantou.

— Conte aos camaradas do Leste o que viu aqui. Mostre a eles as manchas no seu uniforme. Não deixe que digam que nunca viram o sangue de outro homem.

— Sim, senhor!

— Agora saia daqui e encontre os fugitivos!

O soldado saiu depressa, e Tonglong se ajoelhou ao lado do soldado do Leste caído. Calmamente, começou a limpar a lâmina nas vestes do homem morto. Trabalhou com a precisão fria de um inseto, fazendo ShaoShu lembrar um louva-a-deus limpando as patas dianteiras após uma matança.

ShaoShu estremeceu. Quem poderia conter Tonglong?

Capítulo 3

A 400 *li* a Sudoeste de Xangai, Ying sentava-se sozinho sob um pinheiro na montanha, com os olhos fechados firmes, a mente completamente aberta. Reza a lenda que um dragão leva mais de 3 mil anos para crescer até atingir seu potencial mais mortal. Ying presumiu que dispusesse de cerca de um mês.

Tonglong estaria a caminho em breve, e precisava estar pronto para ele.

Com as pernas cruzadas embaixo do corpo, e as mãos nos joelhos, Ying meditou. Fixou a atenção no *dan tien*, o misterioso centro *chi* na parte inferior do abdômen, e começou a respirar no ritmo específico que sua mãe lhe havia ensinado. Logo sentiu o fluxo de *chi* através do corpo, em ondas, aquecendo tudo, desde as pontas das unhas longas dos pés e das mãos até a cicatriz pigmentada entalhada em seu rosto. Tinha que admitir que a sensação era boa.

Ying exalou lentamente, curtindo a sensação, e se viu pensando na mãe. Ela estava descansando ali perto, na casa de um amigo. Ele havia vindo até aqui com urgência atrás dela, para poder se preparar para o confronto inevitável com Tonglong. Como quase sempre acontecia, tinha sido uma boa ideia. Graças aos exercícios de respiração que ela havia lhe ensinado, e ao pó de osso de dragão que vinha consumindo, agora realmente se sentia como um dragão, em vez da águia que seu nome — Ying — implicava.

Ying abriu os olhos e sentiu o fluxo interno de *chi* começar a dissipar enquanto saía do estado meditativo. Sua visão foi preenchida com montanhas em todas as direções, e ele sorriu. Estava em casa. Havia diversos tipos de dragões chineses, e eles governavam tudo, dos mares aos rios e aos céus. Alguns dragões até protegiam tesouros como o que Tonglong havia roubado da família de Ying. Ying, no entanto, era um dragão inteiramente da montanha.

Dragões da montanha, como todos os dragões chineses, eram criaturas impressionantes. Eram feitos dos elementos mais fortes de diferentes animais, e isso era o que os fazia, e do kung fu estilo dragão, tão poderosos. Dragões eram, primariamente, serpentes em forma, mas possuíam quatro patas, cada uma acabando em um grupo de garras. As garras vinham de uma águia, mas os pés eram de tigre.

Dragões chineses também tinham bigodes espigados, como uma carpa, e uma barba longa que mais parecia um bigode. Quanto mais longo o bigode, mais velho o dragão. Algumas pessoas até acreditavam que um bigode espesso significava que o dragão era extraordinariamente sábio. Finalmente, dragões chineses possuíam as galhadas de um cervo, e, o mais impactante de tudo, os olhos de um demônio.

Ying fixou os olhos no chão da floresta e se levantou. Esfregou as mãos geladas para fazer o sangue circular e voltou a mente para Tonglong. Hora de treinamento físico.

Tonglong era mestre de *jian*, e se Ying tinha alguma esperança de derrotá-lo, teria que combater fogo com fogo. Os guardas de Tonglong jamais permitiriam que ele se aproximasse a uma distância de um tiro de pistola, ou mesmo de um mosquete, de Tonglong. Mas Tonglong receberia bem um duelo de espadas de qualquer um, inclusive Ying. E ele era muito bom nisso.

Mesmo Ying sendo muito bom com armas afiadas, ainda assim não chegava aos pés de Tonglong. Mesmo a arma de escolha de Ying, o chicote de corrente longa, provavelmente não resolveria a questão. Contudo, Ying ouviu rumores quando morava no Templo Cangzhen sobre uma sequência combinando *jian* e chicote que aparentemente era invencível. O praticante utilizava as duas armas simultaneamente, uma em cada mão. Isso permitia que tirasse vantagem das capacidades de longo alcance do chicote, assim como da precisão de alcance curto da espada. Também combinava a rigidez da espada com a flexibilidade da corrente. Era o melhor do sólido e do mole, o yin e o yang.

Essa sequência especial das duas armas estava supostamente registrada em um dos pergaminhos do dragão no Templo Cangzhen, mas Ying nunca havia visto. Tinha conseguido colocar as mãos em quase todos os pergaminhos, mas os perdera. Teria que tentar desenvolver sua própria sequência.

Ying examinou o chão, e logo os olhos caíram sobre o que estava procurando — um galho perfeitamente liso, do tamanho de um braço e quase tão espesso quanto um pulso em uma das pontas. A outra se afunilava até a grossura do polegar. Perfeito.

Ying levantou o galho pela ponta grossa e avaliou o peso com a mão esquerda. Serviria. Tirou o chicote do bolso escondido no interior da manga da túnica, agarrando o cabo rígido com a mão direita. Começou a girar a arma poderosa sobre a cabeça, como um homem tentando caçar um animal com uma corda.

A ponta pesada e afiada do chicote cortava o ar rasgando pinhas e galhos em todas as direções. Continuou até ter aberto um círculo amplo que lhe permitisse sacudir o chicote do jeito que quisesse, sem interferência. Em seguida, começou a criar uma nova dança mortal.

Entre golpes cortantes do chicote, Ying impulsionou o galho de treino para a frente incessantemente. A corrente colidia contra a ponta do galho com grande frequência, e logo estava com uma adaga curta, em vez de uma espada longa.

Ying descartou o cotoco e procurou mais uma vez no chão da floresta, dessa vez reunindo uma porção de galhos que o ajudariam no treino. Isso levaria tempo. Ele daria a si mesmo duas semanas de treino, e outras duas para encontrar uma espada de verdade. Depois teria que localizar Tonglong e encarar seu destino.

Capítulo 4

Long ouviu uma voz como se fosse em um sonho. O sotaque era estranho, mas as palavras, definitivamente, eram chinesas.

— Ponham tudo que ela puder usar, companheiros! Podemos fazer isso! O vento está a nosso favor!

Long forçou os olhos a se abrirem e se viu deitado de costas, o chão rolando e sacudindo violentamente sob ele. O sol estava alto no céu, e o cheiro de água salgada invadiu suas narinas. Estava em um barco.

Mas de quem era o barco? E que dia era?

Long rolou para o lado e tentou se levantar sobre um cotovelo para olhar em volta. Já tinha conseguido executar metade do movimento quando o braço escorregou no convés ensebado do barco e ele caiu novamente, com um resmungo, tonto.

— Ele está acordado! — gritou uma voz familiar em algum lugar por perto.

Long levantou a cabeça, inclinando-a para a esquerda, depois para a direita. Estranhamente, não viu ninguém. Em seguida levantou o olhar. No topo do único mastro da embarcação viu o rosto escuro de Malao olhando para ele.

Long sorriu.

Malao levantou a mão e acenou, aparentemente abstraído do fato de que seu poleiro sacudia violentamente, para a frente e para trás, enquanto o barco era levado pelo mar, guiado pelo vento.

— Oi, irmãozão! — gritou Malao do alto.

Long assentiu um cumprimento e reuniu o máximo possível de força, lutando novamente para se levantar sobre o cotovelo. Dessa vez conseguiu. Olhou para a lateral do barco e viu que estavam avançando com grande velocidade. Não fazia ideia de que uma embarcação podia ser tão veloz.

— Deite, irmão — disse uma voz atrás dele. Um instante depois sua irmã mais nova de templo, Hok, apareceu ao lado dele. Ela tomou o pulso dele na mão, procurando os batimentos.

Long olhou para a pele pálida e macia de Hok e para o cabelo castanho arrepiado. Tinha descoberto pelo Grão-mestre que Hok era filha de mãe chinesa e pai holandês. Por isso, possuía pele clara, mas nunca tinha visto a irmã com cabelo. Ficava bem, mas fazia parecer deslocada, como provavelmente se sentira crescendo, quando fingia ser um menino.

— Conserve sua energia — disse Hok a ele. — Charles tem tudo sob controle.

— Charles? — perguntou Long.

Alguém começou a resmungar da frente do barco.

— *Charles* tem tudo sob controle? Humpf.

Long sorriu ao reconhecer a voz profunda, que resmungava. Olhou para a proa do barco e viu Fu arrumando uma série complicada de cordas. Fu estava sem camisa, apesar do frio, e Long se surpreendeu em ver como Fu havia emagrecido e quanta massa muscular tinha ganhado. O peito de Fu talvez fosse ainda mais largo que o dele, o que era realmente impressionante, considerando que Long tinha o corpo de um menino de 18 anos e Fu, apenas 12.

— Oi, Fu — disse Long, com a voz mais alta que conseguiu.

— Olá — respondeu Fu. — Chegaria perto para dizer oi, mas estou um pouco ocupado. Estou ajudando *Charles*.

Long ficou imaginando se Fu iria até o tal Charles, para falar o que pensava para ele, ou, possivelmente, demonstrar o que pensava com o punho. Em vez disso, Fu fez o mais estranho. Riu. Depois gritou:

— Desculpe, Charles. Só estou provocando.

Long piscou os olhos. O que tinha acontecido com Fu? O Fu que ele conhecia não se desculpava por nada.

As coisas ficaram ainda mais estranhas quando Long virou a cabeça em direção à popa do barco. Atrás da roda do barco havia um adolescente branco com cabelo cor de palha e olhos da cor do mar. Ao lado dele estava Xie.

Xie pôs a mão no ombro do adolescente estrangeiro e disse:

— Estamos em boas mãos, Long. Este é Charles. Ou devo dizer Capitão Charles?

Charles sorriu calorosamente e acenou com a cabeça para Long.

— É um prazer conhecê-lo, finalmente. Bem-vindo a bordo.

— Obrigado — respondeu Long. Sentiu Hok soltando o punho e voltou a atenção para ela.

— Por favor, deite-se — disse Hok. — Você precisa poupar energia. Seu pulso está muito fraco, você perdeu muito sangue. Tem sorte por estar vivo. Foram necessários mais de 100 pontos para fechar seus ferimentos, e tive que costurar com o barco em movimento. Não foi meu melhor trabalho. Alguns deles vão arrebentar se não permanecer quieto.

Long conhecia em primeira mão os dons de cura da irmã, e obedeceu sem questionamentos, deitando-se no convés do barco. Seu trabalho manual impressionava a todos no Templo Cangzhen, e ela já o tinha costurado mais de uma vez após sessões de treino em que as coisas saíram do controle. Agora notou que a coxa direita e a parte superior do braço tinham sido muito bem-enfaixadas. Não havia dúvidas quanto à qualidade do trabalho dela. Ele perguntou:

— O que está acontecendo? Não estou conseguindo me lembrar de muita coisa.

— Tem muita coisa acontecendo — respondeu Hok. — Por que não me conta primeiro o que sabe?

— Desde o começo?

— Isso mesmo.

— Bem — disse Long —, há seis meses Ying atacou nosso Templo Cangzhen com a ajuda dos soldados do Imperador. Tinham armas de fogo e canhões, enquanto nós tínhamos espadas e lanças. Somente Fu, Malao, Seh, você e eu conseguimos sobreviver. Achei que talvez o Grão-mestre também tivesse conseguido, mas depois descobri que Ying o tinha matado também.

— Prossiga.

— Fugi do ataque por ordem do Grão-mestre e tive a ideia de me juntar a clubes da luta, como Ying havia feito, para me aproximar do Imperador. Pensei que pudesse mudar o coração do Imperador, como o Grão-mestre instruiu. Consegui me aproximar do Imperador, e até tive sucesso na missão de me tornar o campeão do Clube da Luta, mas foi tudo por nada. Como Xie provavelmente lhe contou, Tonglong agora é o Caudilho do Sul, e atacou o Imperador logo depois que venci o campeonato. Acho que deve ter obtido êxito. É tudo que sei.

Hok assentiu.

— Infelizmente, acho que tem razão quanto ao êxito de Tonglong. Vi ShaoShu brevemente quando estávamos saindo do telhado à frente do Clube da Luta ontem à noite, e ele apontou para uma figura enrolada em uma espécie de cobertor, imobilizada por soldados. Uma parte da coberta havia caído, e sob a luz da lua vi um flash de seda dourada.

— Então só passei uma noite dormindo?

— Só.

— E ShaoShu, definitivamente, voltou para Tonglong?

— Voltou.

— Gostaria que ele tivesse vindo conosco.

— ShaoShu sabe cuidar de si — disse Hok. — O que mais posso falar sobre a nossa situação?

Long olhou para Charles, depois novamente para Hok.

— Fale mais sobre esse belo barco.

— O barco pertence a Charles, é claro — respondeu Hok. — Ele é amigo do meu pai e da minha mãe, e tenho orgulho em dizer que é meu amigo também. Acho que todos temos.

Fu resmungou concordando da proa, e Malao gritou do mastro:

— Isso, isso!

Hok prosseguiu:

— Há algum tempo Charles vem nos ajudando, e estamos de olho em Tonglong. Estávamos com um grupo de amigos de Charles em uma pequena ilha no Sul, mas Tonglong nos encontrou e destruiu tudo e quase todo mundo. Tivemos sorte de escapar. Charles ia nos levar para o Norte, para podermos encontrar Seh e um grupo de bandoleiros com que ele está ficando.

— Bandoleiros? — perguntou Long. — Está falando sobre Mong?

As sobrancelhas de Hok se ergueram.

— Estou. Como você sabe sobre Mong?

— O Grão-mestre compartilhou alguns segredos comigo — disse Long, ligeiramente envergonhado. — Sabe que existe história entre Mong e Seh?

Hok assentiu.

— Sei. Mong é pai de Seh.

— Isso mesmo.

— Sabe alguma coisa sobre a mãe de Seh?

— Não.

— A mãe dele é, ou, devo dizer, *era*, AnGangseh. Long balançou a cabeça.

— AnGangseh era mãe de Tonglong.

— É mãe dos dois, mas com maridos diferentes. Seh e Tonglong são meios-irmãos.

— Inacreditável! — disse Long.

— Tem mais — disse Hok. — AnGangseh cegou Seh. Por isso ele não está viajando conosco. Felizmente, posso ter encontrado uma cura em forma de osso de dragão. — E tocou a lateral da bolsa de ervas que sempre a acompanhava. — Agora que você está conosco, estamos correndo para Seh e os bandoleiros. O pai de Fu está com eles também, assim como minha mãe e, espero, minha irmãzinha.

— Estou chateado por Seh — disse Long. — Você disse que tem uma irmã?

— Tenho. Só soube da existência dela quando reencontrei minha mãe. Além da minha família, também tentamos descobrir informações sobre o pai de Malao, um homem conhecido como Rei dos Macacos, mas ninguém parece ter notícias dele há anos. Mas Fu reencontrou o pai. O nome dele é Sanfu, Tigre da Montanha.

— Parece que andaram ocupados — disse Long, sentindo-se tonto. — E Ying? Ouvi rumores a respeito dele, mas não sei o que é fato e o que é ficção.

Hok sorriu.

— Você não vai acreditar em tudo que aconteceu com ele. Não é mais a mesma pessoa. Nós o consideramos um aliado. Ele teve um reencontro muito impactante com a mãe e aprendeu coisas surpreendentes a respeito do pai e, principalmente, do avô.

Long arregalou os olhos.

— Ying sabe sobre o avô?

— Sabe — disse Hok. — O Grão-mestre era avô de Ying. Não é trágico? Apesar de não saber na época, quando matou o Grão-mestre, Ying matou seu único parente vivo além da mãe.

Long fechou os olhos, a tontura piorando.

— Não é exatamente verdade.

— O que quer dizer?

— Ying tem pelo menos mais um parente vivo, apesar de este estar mal de saúde no momento.

— Quem?

— Eu.

— O quê? — rugiu Fu da proa do barco de Charles. — Você e Ying são parentes?

Long suspirou.

— Você tem bons ouvidos, Fu. Sim, o Grão-mestre também era meu avô. Eu e Ying somos primos.

— Ying sabe disso? — perguntou Hok.

— Acredito que não — respondeu Long. — O Grão-mestre guardava muitos segredos, principalmente de Ying. Parece que o pai de Ying e meu pai eram irmãos. Eu sempre quis contar para Ying, mas o Grão-mestre me proibiu. Uma coisa que Ying sabia, no entanto, foi que o Grão-mestre matou o pai dele. Ying era muito novo, mas ele presenciou e nunca esqueceu. Acredito que esta seja a principal razão para ele ter matado o Grão-mestre: vingança. Além disso, Ying se chateou por o Grão-mestre ter mudado seu nome. O nome de Ying era Saulong: Dragão Vingativo. O Grão-mestre mudou e começou a ensinar kung fu estilo águia, em vez de estilo dragão.

— Também me chatearia — disse Charles.

Long assentiu.

— Espere — disse Hok. — Se o Grão-mestre matou o pai de Ying, isso significa que matou o próprio filho.

— Isso mesmo — disse Long, com a voz falhando.

— O Grão-mestre disse que o matou depois de ele ter matado os *meus* pais. O Grão-mestre me contou que o pai de Ying era uma abominação e precisava ser contido antes que mais pessoas se machucassem por causa dele. Ele disse que os aspectos negativos de um dragão eram, de alguma forma, exacerbados no pai de Ying e que temia que Ying fosse igual. Por isso, o criou como uma águia.

— Que horror! — disse Hok.

— É — disse Long. — Pobre Ying. Não sei nada sobre a mãe dele, que seria minha tia.

— Nós a conhecemos — disse Hok. — O nome dela é WanSow, Mão de Nuvem, e é uma pessoa maravilhosa. Foi ferida por Tonglong, mas Ying está cuidando dela agora.

— Parece que Ying mudou muito — disse Long.

Hok assentiu.

— Espero vê-lo outra vez — disse Long. — Minha tia WanSow, também. Se o virem sem mim, por favor, contem tudo que dividi com vocês. Ele precisa saber. O Grão-mestre guardava segredos demais. Veja onde nos trouxe.

Hok assentiu outra vez, e um sorriso cansado se formou no rosto de Long. Depois de tudo que ele e os irmãos de templo passaram, parecia que todos estavam bem. A única exceção talvez fosse Seh.

Enquanto as mãos da inconsciência começavam a pressionar a mente de Long mais uma vez, ele fechou os olhos e pensou no irmão cego. Perder a visão era um destino pior que a morte para algumas pessoas, e representaria o fim de quase todas as criaturas no mundo selvagem.

Long ficou imaginando como uma serpente iria lidar com isso.

Capítulo 5

Seh, de 12 anos, estava diante da fila de bandoleiros recrutados, com uma lança afiada em uma das mãos e uma xícara de chá na outra. Levou a xícara à boca, engolindo o conteúdo em um gole. Engasgou-se brevemente, mas conseguiu manter o remédio no corpo.

Um dos recrutas zombou:

— O que você vai nos ensinar, jovem *sifu*? Como distrair um oponente vomitando nele?

Alguns dos recrutas riram, e Seh franziu o rosto. Era assim com todo grupo novo. Esse bando em particular consistia de 15 homens entre 20 e 25 anos de idade. Teria que conquistar o respeito deles, e isso geralmente significava confrontos. Sua visão estava longe de estar boa, mas agora podia perceber sombras e tinha aprendido a identificar indivíduos apenas pela energia positiva e negativa que geravam. O piadista estava no centro da fileira, irradiando energia negativa como uma fornalha.

Um dos recrutas falou em defesa de Seh:

— Mostrem algum respeito ao nosso jovem instrutor, cavalheiros. Ele está cego e bebe pó de osso de dragão na tentativa de recuperar a visão. Já experimentaram? É horrível.

— Osso de dragão, é? — disse o piadista. — Deve ser um riquinho mimado para conseguir pagar um remédio caro desses. Acho que é assim que as coisas são quando se é filho de Mong.

Seh sentiu a raiva começar a crescer dentro de si, mas lutou contra o impulso de ser grosseiro. Decidiu dar uma breve explicação para tentar reduzir a tensão crescente. Depois seguiria em frente com a lição.

— O osso de dragão foi presente de um traficante do mercado negro chamado HukJee, Porco Negro — disse Seh ao grupo. — HukJee descobriu que alguns amigos meus estavam procurando osso de dragão, e uma curandeira amiga do nosso acampamento, chamada PawPaw, percebeu que osso de dragão poderia me ajudar com meu problema. É verdade que perdi a visão, mas ela está retornando a cada dia. A lição de hoje será que a visão não é tudo. Posso usar outros sentidos para derrotar oponentes.

— Como o paladar? — perguntou o piadista. — Para ajudar com o vômito projétil?

Os mesmos recrutas riram, e Seh ficou imaginando como homens com mais que o dobro da sua idade podiam achar esses comentários infantis engraçados.

Seh virou de costas para o grupo e andou sob uma armação de tenda não coberta com tecido. Conseguia discernir vagamente os contornos de diversos potes de barro pendurados em diferentes alturas nas vigas. Os potes estavam cheios de areia, e, pendurados na base de cada um, uma folha quadrada metálica quase do tamanho da sua mão.

Seh empurrou inconscientemente um cacho do cabelo que crescia para cima dos olhos que não enxergavam e apontavam mais ou menos na direção do homem que o defendera. Era hora de uma pequena demonstração.

— Por favor, venha aqui — disse Seh.

O homem avançou, e Seh apontou com a cabeça para os potes.

— Quero que atinja cada uma daquelas folhas de metal penduradas, depois saia do caminho o mais rápido possível.

— Tudo bem — respondeu.

Seh ouviu cinco *clangs* distintos e, assim que viu a forma sombreada do homem correr para um lado, entrou em ação. Avançou rapidamente, sacudindo a lança com ponta de ferro em um arco amplo, arrancando três dos potes de forma dramática no primeiro passo. Sentiu a explosão satisfatória quando as vasilhas de barro estouraram e registraram o sibilo da areia voando pelo ar.

Ele seguiu o tom das notas fracas emitidas pelas duas folhas de metal remanescentes e foi atrás delas com a concentração de um mestre kung fu. Enfiou a ponta da lança em um dos potes, destruindo-o. Em seguida, puxou a lança como se quisesse destruir o resto do pote, mas em vez disso lançou o pé direito para a frente, gritando:

— *Ki-ya!*

Foi um golpe direto. A bola do pé atingiu o último pote, que explodiu, lançando fragmentos de areia enrijecidos em todas as direções enquanto a folha de metal caía no chão.

Seh aterrissou nos joelhos para provocar um efeito, com a lança erguida alta sobre a cabeça. Saltou sobre os pés, curvou-se rapidamente para a fileira de homens e começou a se limpar.

Diversos recrutas murmuraram em aprovação. O piadista zombou:

— Vou me esforçar para me lembrar dessa lição se algum dia for vendado e atacado por uma tropa de vasos assassinos.

— Quer discutir alguma coisa? — perguntou Seh ao piadista.

— Quero — respondeu ele. — Quero saber por que está desperdiçando nosso tempo. Quebrar potes não serve pra nada.

— Isso não é verdade — disse Seh. — Esses potes têm o mesmo diâmetro de uma cabeça humana e ficam pendurados em níveis diferentes para representar as diferentes alturas dos oponentes. A força necessária para quebrar um desses, cheio de areia, é a mesma força necessária para rachar um crânio humano. É importante treinar.

O piadista riu.

— Potes não lutam de volta, meu jovem. Pessoas o fazem. Pessoas também se movem. Uma pessoa simplesmente sairia da frente.

Seh cerrou os dentes.

— *Você* gostaria de tentar?

— Atacar alguns vasos indefesos?

— Não. Tentar sair da minha frente.

O tom do piadista ficou sério.

— Está dizendo que quer lutar comigo, menino?

— Prefiro o termo *duelar* — disse Seh. — A não ser que tenha medo, velho.

— Velho! — rugiu o piadista. — Vou mostrar para você!

Seh ouviu as botas pesadas do homem começarem a bater contra o chão na direção dele. Não se surpreendeu pelo piadista agir tão espontaneamente. Aliás, era com isso que estava contando. Envergonhar aquele sujeito aqui e agora daria a Seh o respeito de todo o grupo.

Seh afundou em Posição Cavalo e agarrou a lança com as duas mãos, segurando o cabo de madeira paralelo ao chão com a ponta de metal para a frente. Segurou o cabo no ponto de equilíbrio com força na mão esquerda na altura da cintura e posicionou a direita perto das costas.

Não fazia ideia se o piadista tinha uma piada, mas estava certo de que prevaleceria, contanto que o rival não tivesse pistolas. Seh ouviu metal saindo da capa e, a partir do som, determinou que ele tinha uma *dao* de tamanho médio. Sem problemas.

O piadista continuou a investida, e quando Seh conseguiu ouvir a intensa respiração do sujeito, soube que o oponente estava próximo o bastante.

Seh atacou. Manteve a mão esquerda no lugar e investiu com a direita, em um grande semicírculo. Isto fez a ponta da lança se erguer em um semicírculo oposto, visando diretamente no rosto do piadista, que mirou a ponta da lança com a espada, exatamente como Seh esperava que fizesse, e a espada atingiu a ponta da lança, redirecionando-a em direção ao chão.

Enquanto a ponta da lança continuou descendo, Seh atacou para a frente, visualizando a lança passando entre as pernas do sujeito. Seh atacou-o na axila com a parte de trás da lança e rolou para um dos lados, jogando a lança de lado. O cabo atingiu as pernas do homem, que tropeçou e caiu no chão, de cara.

Seh derrubou a lança e estava prestes a atacar as costas do piadista quando alguém gritou:

— Chega!

Seh congelou. Sentiu o ar atrás de si começar a pulsar com agressividade reprimida. Não precisava se virar para saber que o pai estava se aproximando.

— Você o machucou? — perguntou Mong ao parar ao lado de Seh.

Seh fixou o olhar na direção do oponente caído.

— Como posso saber?

— Bem-lembrado — disse Mong, tocando o ombro de Seh. — Belo movimento, por sinal.

Seh sentiu a agressividade do pai começar a dissipar.

Seh assentiu e ouviu o piadista resmungar.

— Ele parece que vai ficar bem — disse Mong. — Ouça, entendo que às vezes você precisa fazer alguém de exemplo, mas, na próxima vez, tente escolher alguém mais jovem. Esse parece ter trinta e pouco, e indivíduos mais velhos, como eu, demoram mais para se curar. Temo que precisaremos de todas as mãos extras que conseguirmos, e muito rápido.

— Vou lembrar — disse Seh. — Você recebeu alguma notícia?

— Recebi. É tudo especulação por enquanto, mas acreditamos que Tonglong pode tentar formar um exército.

— O que significa isso?

— Significa que você vai ter que treinar mais homens — disse Mong. — Muito mais.

Capítulo 6

ShaoShu sentou-se obediente dentro do escritório central de comando de Tonglong, nos arredores de Xangai. Ele estava completamente parado, tentando não ser notado. Do outro lado da sala, Tonglong estava furioso, e parecia que as coisas estavam prestes a piorar.

— Assine e sele! — ordenou Tonglong.

O Imperador cruzou os braços.

— Não.

Tonglong socou a mesa de madeira, balançando um monte de pergaminhos. Um pote de tinta virou, e ShaoShu observou o líquido negro pingar em uma rachadura larga aberta pelo golpe de Tonglong na mesa. Aquele impacto teria quebrado um osso com facilidade.

— *Assine* — disse Tonglong novamente, com a voz tensa como o arco de um arqueiro.

— Não assino — respondeu o Imperador, indignado. — Você está solicitando que eu lhe conceda a liberdade de forçar o recrutamento de todos os homens no país entre 8 e 50 anos de idade para formar seu exército. Não posso permitir uma coisa dessas. Não estamos em guerra.

— Pode e vai — disse Tonglong. — Imperadores recrutam pessoas para o serviço militar há milhares de anos, e não só para a guerra. Não se lembra de como a Grande Muralha foi construída?

— Nesse caso não há justificativa.

— A única justificativa de que precisa é que eu estou dizendo que precisa — disse Tonglong. — E vou falar pela última vez. Assine.

— Repito: não assino. O que você pode fazer?

Tonglong esticou a mão com velocidade espantosa e agarrou o polegar esquerdo do Imperador. Com um puxão poderoso, girou o dedo em um círculo completo. ShaoShu estremeceu com a mistura do som do osso quebrando e do grito estarrecido do Imperador.

Tonglong soltou e grunhiu:

— Há pelo menos mais 200 ossos no seu corpo. Quer escolher o próximo? Ou eu mesmo o faço?

O Imperador lutou para recobrar a compostura, colocando a mão no colo. Com a voz trêmula, falou:

— Assino.

— Boa marionete — disse Tonglong, mergulhando um pincel na tinta derramada. Abriu um dos pergaminhos, e o Imperador assinou. — Agora sele — acrescentou Tonglong.

O Imperador alcançou nas dobras da túnica que agora vestia, em vez das roupas de seda, um pequeno pingente de barro pendurado em um cordão que trazia no pescoço.

— Fiquei pensando o que seria isso — disse Tonglong. — Presumi que fosse um simples pingente de dragão. Deveria ter imaginado.

O Imperador não respondeu. Em vez disso, segurou o pequeno objeto retangular diante de si com a mão boa e desatou desajeitadamente o nó que estava posicionado muito próximo à beira. O pingente se dividia em duas metades. A metade de trás era plana e suave em todas as superfícies. A metade da frente, no entanto, era diferente. Um dragão havia sido entalhado do lado de fora para parecer um pingente comum, mas um dragão elaborado havia sido laboriosamente esculpido na parte de dentro.

Tonglong arrancou o selo da mão do Imperador e mergulhou o dragão especial na tinta derramada. Em seguida, pressionou o selo contra o decreto, abaixo da assinatura do Imperador.

ShaoShu observou Tonglong aplicar uma pressão firme e segura para fazer o selo ter o devido destaque, quando algo inesperado aconteceu. O selo se reduziu a pó entre os dedos de Tonglong.

Tonglong sibilou e esticou a mão, agarrando o Imperador pela garganta.

— Como ousa brincar comigo!

— Não estou brincando — conseguiu dizer de alguma forma o Imperador. — Pode ter funcionado. Observe de perto.

ShaoShu olhou para o papel do outro lado da sala, mas tudo o que viu foi um borrão de tinta preta e pó de barro.

Tonglong pegou o papel com a mão livre e o inclinou para o lado, sacudindo. O pó caiu do decreto, e ShaoShu viu que o selo estava um pouco manchado, mas ainda assim identificável, mesmo de longe. Não sabia nada sobre documentos oficiais, mas aquele parecia autêntico.

Tonglong soltou a garganta do Imperador.

— Foi feito para desintegrar assim, não foi?

O Imperador assentiu e tossiu.

— É um mecanismo de defesa contra uso não autorizado. É feito para quebrar e destruir a marca do selo também. Deve ter um toque extraordinariamente suave.

— Veremos como meu toque é suave quando eu começar a quebrar mais dedos seus. Onde estão os verdadeiros selos?

— Esse era um selo verdadeiro.

— Quero dizer, onde estão os que você usa regularmente? Duvido que utilize esses de barro.

— O conjunto real está na Cidade Proibida, em Pequim.

— Tem mais selos reais?

— Não.

Tonglong se levantou e socou novamente a mesa. Fixou os olhos no Imperador.

— Sabe o que significa, não sabe?

— Significa que terá que me deixar vivo por mais tempo que esperava. Jamais poderá executar outra iniciativa como o recrutamento sem os selos, e não poderá entrar na Cidade Proibida sem mim.

— Muitos novos imperadores entraram na Cidade Proibida com a cabeça do antigo Imperador em um espigão.

— Mas não você — desafiou o Imperador. — Pelo menos, não ainda. Ainda não tem o exército necessário no Leste para lutar. Pelo que ouvi entre seus homens, Xie está vivo e bem. E se ele voltar para casa, vai assumir o papel que era do pai, de Caudilho do Oeste, e as pessoas dele irão acabar com você. São um bando poderoso e impiedoso, e possuem cavalos. Há também as forças imperiais sob minha supervisão direta nos confins da Cidade Proibida.

— Suas forças da Cidade Proibida são mais suscetíveis do que imagina — zombou Tonglong. — Alguns tesouros e a promessa de poder transformaram muita coisa bem debaixo do seu nariz.

— Meus homens são leais até a morte.

Tonglong riu.

— Por quê? Porque paga bem? Eu pagarei mais. Aliás, já paguei. Tenho um indivíduo-chave que me deixou confiante de que ganharei o resto em breve. Ele vai convencer os outros a se unirem, ou os matarei. Com suas próprias forças imperiais voltadas contra você, juntamente com meus exércitos do Sul e do Leste e os homens que recrutarei, nem mesmo o poderoso exército Ocidental terá chance.

— Não se esqueça dos Bandoleiros e da Resistência — disse o Imperador. — Eles irão declarar guerra total contra alguém como você. Têm sido um espinho no meu lado há anos.

— Deixe que tentem. Já os esmaguei uma vez e tomei a fortaleza, e terei prazer em fazê-lo de novo. A duração da vida deles está chegando ao fim. Quanto à duração de *sua* vida, tem razão. Andará mais um pouco por esta terra. Assinaturas são suficientemente frágeis de serem forjadas, mas o selo é complicado demais de ser reproduzido sem um original para copiar. Se colaborar, *posso* permitir que continue vivo quando chegarmos à Cidade Proibida.

Tonglong pegou o decreto e observou o selo, balançando a cabeça. Levou o documento para o canto da sala e o colocou sobre uma mesa longa, em seguida olhou para a bagunça que havia feito na mesa e para os pergaminhos que derrubara no chão.

— ShaoShu arrume este lugar. Vou levar o Imperador de volta ao privativo caixote de porcos agora.

ShaoShu engoliu em seco.

— Sim, senhor.

Tonglong foi para a porta, e ShaoShu apressadamente destrancou-a e a manteve aberta. Tonglong passou com o Imperador, e ShaoShu arriscou uma rápida piscadela ao Imperador, que acenou levemente com a cabeça, como se entendesse que ele e ShaoShu estavam no mesmo lado, e ShaoShu trancou novamente a porta.

ShaoShu se apressou para a área da mesa, catando um punhado de pergaminhos do chão. Tentou abrir a gaveta superior da mesa, mas estava trancada. Procurou uma segunda gaveta, que abriu com facilidade. Estava vazia, e ele conseguiu colocar cuidadosamente metade dos pergaminhos lá dentro antes de enchê-la. Encontrou outra gaveta vazia e colocou os outros pergaminhos nela. Tinha começado a se afastar para encontrar algum trapo para limpar a tinta derramada e o pó quando foi dominado pela própria curiosidade.

Voltou para a mesa e verificou as outras gavetas. Estavam todas destrancadas, e quase vazias. As que não estavam continham coisas que se espera encontrar em uma escrivaninha — pergaminhos em branco, tinta, pincéis de escrita, penas.

ShaoShu puxou a única gaveta trancada novamente, imaginando o que poderia estar escondido dentro dela. Talvez algo que pudesse ajudar Long e os outros? Após ter vivido quase toda a vida na rua, ShaoShu havia desenvolvido habilidades que o ajudavam a sobreviver. Uma das habilidades era arrombar trancas.

Reabriu a gaveta das penas e escolheu a maior e mais rígida. A ponta já havia sido apontada e estava fina, e ele a enfiou na tranca da fechadura. Após algumas cutucadas e um giro do pulso, ShaoShu deu uma empurrada leve na pena, e a tranca se abriu.

Ele abriu a gaveta para encontrar mais pergaminhos. Dois deles pareciam muito velhos e manchados, e ele não pôde deixar de espiar. Apesar de não saber ler, reconheceu imediatamente o que eram. Ao lado das palavras viu desenhos detalhados de pessoas em posições complexas combinadas com sequências diferentes de movimentos. Todas as pessoas tinham as mãos esticadas como garras de dragão. Um dos pergaminhos até incluía uma série com armas. Retratava uma figura com uma espada em uma das mãos e um chicote de corrente na outra.

Estes eram alguns dos pergaminhos de dragão do Templo Cangzhen, que foi destruído. Ying estava atrás deles, e ShaoShu se lembrava dele dizendo como Tonglong tinha conseguido roubar diversos bem debaixo do seu nariz.

ShaoShu sorriu e colocou os dois pergaminhos nas dobras da túnica. Talvez fossem úteis aos amigos.

Capítulo 7

Durante a semana seguinte a saúde de Long melhorou notoriamente, mas não tanto quanto Hok gostaria. Apesar de já conseguir se sentar e passar um dia inteiro sem dormir de exaustão, ainda não conseguia se levantar. Ele culpava os mares turbulentos e o tempo ruim. Hok culpava a bolsa de ervas.

Hok conseguiu preparar alguns tônicos que fortaleciam o sangue e algumas pomadas que combatiam infecções, e ele se beneficiou muito da vasta quantidade de sono e da comida nutriente que Charles tinha a bordo. Contudo, Hok disse que faltavam alguns itens que acelerariam ainda mais a recuperação. Estava torcendo para pararem no caminho e comprarem os ingredientes necessários, mas Charles não permitiu.

Estava, com toda a razão, preocupado com a possibilidade de Tonglong já ter espalhado que deveriam ser capturados assim que fossem avistados. Além disso, os ventos não foram favoráveis a uma parada em nenhum dos portos pelos quais passaram. Seria fácil entrar em qualquer porto, mas os ventos os teriam impedido de voltar para o mar. Além disso, quando deixaram o mar e começaram a se dirigir ao rio Amarelo, a determinação de Charles de se manter longe das cidades próximas à água apenas aumentou.

Hok teve que se conformar com a segunda opção, que era parar em algum lugar onde tanto ela quanto Charles soubessem se manter em segurança, onde também houvesse os suprimentos que Hok queria. E ela conhecia o local perfeito: a casa de uma curandeira anciã chamada PawPaw, ou Vovó. Era no caminho para Jade Fênix, na cidade de Kaifeng, e pelos cálculos de Charles eles chegariam logo.

Enquanto a embarcação de Charles cortava uma linha perfeita em forma de trigo na corrente veloz do rio Amarelo, Long sentava-se com as costas na grade da lateral do barco. Como os outros, passava a maior parte do tempo examinando os arredores, atento à presença de problemas. Via-se muita paisagem e poucas pessoas, consequentemente, não havia conflitos. Nessa região, bancos íngremes de terra amarela cercavam os dois lados do rio, cobertos por capim seco e folhas de junco. As árvores praticamente não tinham folhas, os esqueletos tremiam com a brisa gelada. Felizmente, Charles tinha muitos cobertores no baú marítimo para manter todos aquecidos. Teriam que adquirir casacos, botas, chapéus e luvas quando chegassem a Kaifeng. Afinal de contas, estavam no Norte, e não seria surpresa alguma haver neve nessa época do ano.

Fizeram uma curva no rio, e Charles apontou para a costa.

— Lá está — disse ele, com o dedo mirando uma casa pequena empoleirada no alto da margem do rio. — Está diferente agora que as folhas caíram.

— Está mesmo — disse Hok. — Mas estou vendo fumaça saindo da chaminé. Parece que tem gente em casa.

— Ó-ó-ótimo — gaguejou Malao do alto do mastro, batendo os dentes. — M-m-mal posso esperar para me aquecer! — Rapidamente desamarrou algumas cordas e as recolheu, em seguida desceu do mastro, para o convés, parando ao lado de Charles. — T-t-tudo pronto, c-c-capitão.

— Obrigado, Malao — disse Charles, olhando para o topo do mastro. — Eu mesmo não teria feito melhor. Pode me ajudar com a vela principal?

— C-c-claro — respondeu Malao.

Charles acenou com a cabeça e voltou-se para Hok e Xie.

— Quando a vela grande começar a descer, podem fazer o possível para pegá-la?

— Claro — responderam.

— Muito bem — disse Charles. Voltou-se então para Fu na proa. — Pronto?

— Sim, capitão — disse Fu, e agarrou a cabeça de uma âncora grande.

— Então, quando eu falar — disse Charles. — Pronto... e... ancorar!

Fu levantou a âncora pesada com um grunhido alto e assistiu enquanto Malao e Charles começaram a puxar furiosamente uma série complexa de cordas ligadas ao mastro. A vela principal da embarcação caiu como uma nuvem em ondas. Hok e Xie se movimentaram pelo convés, fazendo o melhor que podiam para levantá-la nos braços antes que caísse na água.

— Segurem-se! — alertou Fu.

Long virou para ver a corda espessa da âncora descendo rapidamente pelas mãos de Fu, na lateral do barco. A corda afrouxou por um instante, e Fu apressadamente a enrolou em um suporte. Um instante depois a corda ficou tensa e o movimento do barco cessou, com um puxão violento. A embarcação, então, começou a boiar para trás com a corrente até a corda esticar novamente e o barco parar completamente com a dianteira de frente para a corrente.

— Muito bem, pessoal — disse Charles enquanto olhava em volta do barco. Começou então a desamarrar a faixa da túnica, quando Long perguntou:

— O que você está fazendo?

— Alguém vai ter que se molhar — disse Charles. — Melhor que seja o capitão.

Charles tirou a túnica, e Long viu pela primeira vez que ele tinha duas pistolas iguais em coldres amarrados no tórax pálido. Charles tirou as armas e os coldres, assim como os sapatos.

— Malao, a corda da proa, por favor — disse Charles.

Malao entregou um bolo de corda robusta, e Charles a colocou entre os dentes. Ele sorriu, acenou com a cabeça para o grupo e mergulhou.

Long observou enquanto Charles emergia na água turva com um engasgo alto, a temperatura gélida sem dúvida havia chocado seu sistema. Mas ele não reclamou e nadou poderosamente para a costa antes de subir a margem. Quando chegou ao topo, pegou a ponta da corda que estava na boca e a amarrou a um tronco espesso de árvore e acenou.

Long ficou surpreso em sentir o barco começar a se movimentar. Olhou para a proa e viu Fu puxando a ponta oposta da corda, o rosto vermelho com o esforço.

— Use o guincho, Fu! — gritou Charles, mas Fu o ignorou. Em vez disso, continuou a puxar a corda com as mãos até a quilha do barco raspar o fundo do rio próximo à costa. Fu parou de puxar e amarrou a corda.

— Muito bem, bichano teimoso — gritou Charles. — O guincho teria funcionado com muito menos esforço. Malao, jogue a linha da popa!

Malao também não obedeceu. Em vez disso, lançou um rolo de corda sobre o ombro, saltou sobre a lateral do barco e deu um tremendo pulo para a costa. Aterrissou longe da água e correu pela margem, entregando o rolo a Charles.

— Exibidos — disse Charles, tremendo com o vento. — Você lembrou de amarrar a outra ponta desta linha a um suporte, certo?

Malao riu.

— Claro.

Charles amarrou a corda da popa a um segundo tronco de árvore e deslizou pela margem na lama amarela. Long o observou voltar para a água e ir em direção ao barco, com água acima da cintura.

— Xie — disse Charles, tremendo com mais violência agora. — Ajude Long a descer sobre os meus ombros.

Long queria protestar, mas sabia que não adiantaria nada. Permitiu que Xie abaixasse suas pernas até os ombros frios e molhados de Charles, que rapidamente voltou para a costa, colocando Long em terra firme. Malao ajudou Long a subir a margem, e quando chegaram ao alto, Long olhou para trás para ver Hok e Xie saltando direto para a costa, como Malao havia feito.

Hok se apressou até Charles e o enrolou em um cobertor que havia trazido, enquanto Xie segurava um pacote. Era outro cobertor envolvendo as pistolas e os coldres de Charles. Xie desenrolou o cobertor, jogou sobre a cabeça de Charles e disse:

— Ficarei com suas armas de fogo até você se aquecer.

— O-o-obrigado — disse Charles, com os lábios começando a ficar roxos.

Long sentiu a *dan tien* começar a formigar e voltou-se em direção à casa. Uma figura corcunda com uma capa com capuz apareceu no lado oposto da estrutura, e uma voz feminina anciã chamou:

— Charles! Seu barco está muito diferente! Mal reconheci da minha janela. Entre e se seque. Hok, Malao, Fu! Que alegria vê-los. Tragam os amigos e saiam desse frio horrível.

A mulher voltou pelo caminho que tinha percorrido e desapareceu, e os outros foram atrás. Malao liderou o caminho em direção à porta, seguido por Hok e Fu, com Charles entre eles. Long e Xie vinham atrás.

Ao se aproximarem da casa, Long observou os detalhes. A casa era pequena e velha, mas ainda em boas condições. Quase todas as cortinas tinham sido pregadas para o inverno, e a pesada porta da frente parecia ter sido projetada para repelir mais do que o frio. Também parecia ter sido derrubada e reconstruída diversas vezes. Ao entrar na casa e fechar a porta atrás de si, a senhora o viu olhando a ombreira da porta marcada.

— Às vezes recebo visitas indesejáveis ou impacientes — disse com um sorriso. — Você, no entanto, será recebido como família. Bem-vindo. Sou PawPaw.

Long se curvou.

— Sou Long. Obrigado por me receber em sua casa.

Xie também se curvou.

— Sou Xie. Também agradeço.

— Não há necessidade de se curvarem e, certamente, não há necessidade de agradecerem — disse PawPaw, tirando o capuz e revelando cabelos grisalhos finos e olhos claros e afiados. — Não fiz nada. Minha casa é sua casa. Diga-me, o que aconteceu com sua perna, Long? Notei que estava mancando e estou vendo o calombo de curativo na sua coxa. E tem um no braço esquerdo também.

— É uma longa história — respondeu Long, incerto quanto à quantidade de informações que deveria partilhar. Olhou para Hok.

— Tudo bem — disse Hok, apontando para a porta da frente. — PawPaw entenderá nossa situação melhor do que qualquer outra pessoa. É aliada dos bandoleiros e um ponto-chave na corrente de informações. Foi por isso que a porta dela ficou desse jeito.

PawPaw sorriu calorosamente, e Long se viu retribuindo o sorriso.

— Entendo — disse ele. — Nesse caso, foi um homem com uma adaga escondida que me rasgou na quadra do Clube da Luta de Xangai, depois fui perseguido por soldados sob a liderança de um homem chamado Tonglong. Hok me costurou outra vez. Sabe quem é Tonglong?

PawPaw assentiu.

— Sei. Vocês são os pobres coitados que estão fugindo dele?

— Somos — respondeu Hok. — Por isso que o barco de Charles está diferente. Ele mudou a aparência para enganar Tonglong. Estamos encrencados e precisamos encontrar os bandoleiros o quanto antes.

PawPaw olhou para a perna de Long.

— Todos vocês?

— Não — disse Hok. — Se não se importar, gostaríamos que meu irmão de templo Long ficasse aqui com você. Ele precisa se curar.

— Como? — disse Long. — Vocês não vão a lugar nenhum sem mim.

Xie colocou a mão firme no ombro de Long.

— Sim, nós vamos. Eu e Hok já discutimos isso, e você não tem poder de decisão no assunto. Se PawPaw concordar, você permanecerá aqui enquanto Charles nos leva a Kaifeng no barco. Uma vez lá, Hok, Malao e Fu vão procurar os bandoleiros, enquanto eu continuo sozinho o caminho para casa. Charles vai seguir viagem sozinho também, vai voltar para o mar do Sul à procura de piratas. Tentará conseguir armas de fogo para nós.

Long franziu o rosto.

— Você não está em condições de viajar por terra — disse Hok. — Seus pontos precisam ser retirados nos próximos dias, e, depois, não pode forçar muito a perna ou o braço. Percorrer as distâncias que precisamos seria demais para você agora. Uma vez curado, claro que gostaríamos que se juntasse a nós, com Mong e os bandoleiros. Quando nos alcançar, espero que já tenhamos um plano para lidar com Tonglong. Alguém terá que compartilhar esse plano com Xie, e o candidato mais provável é você.

Long olhou para Xie.

Xie assentiu.

— Isso mesmo. É uma jornada longa e traiçoeira até a cidade de Tunhuang, minha casa. No entanto, um indivíduo pode fazer o percurso relativamente rápido, desde que ele, ou ela, tenha o equipamento adequado. Já andou a cavalo?

— Não — disse Long.

— Então terá que aprender — disse Xie. — Tenho um contato em Kaifeng que cria cavalos diferentes de todos os outros da China. Levarei um deles para a minha viagem de volta e providenciarei para que você tenha um também. Mas precisa melhorar primeiro. Não pode montar com a perna assim.

PawPaw olhou para Xie.

— Você é filho do Caudilho do Oeste, não?

Xie ergueu as sobrancelhas.

— Sou. Como sabe?

— Faço do meu ofício saber as coisas — disse PawPaw. — Recentemente recebi notícias importantes de um negociante do mercado negro em Jinan chamado HukJee, Porco Negro. Ele recebeu relatórios das tropas de Tonglong que dizem que ele matou a própria mãe, assim como seu pai. Sinto muito.

Long viu os músculos massivos da mandíbula de Xie se contraírem.

— Notícias ruins chegam rápido — disse Xie.

— De fato — respondeu PawPaw. — E tem mais. Os homens de Tonglong estão espalhando que ele não teve escolha, senão agir contra o seu pai porque ele estava planejando uma revolta contra o Imperador. Também dizem que você escapou de Tonglong com ajuda de um lutador do clube chamado Dragão Dourado e que pretende dar continuidade ao plano do seu pai. Tonglong diz que o Imperador está sob proteção dele, por causa dessa ameaça à segurança nacional, e no momento está reunindo um exército de civis para se juntarem às tropas já existentes e marcharem sobre suas terras.

Xie franziu o rosto.

— Cachorro mentiroso! Preciso voltar para o meu povo. — Virou-se para Charles, que estava agachado ao lado da lareira de PawPaw. — Quanto tempo acha que levará até podermos ir embora?

— Me dê meia hora e uma vasilha de sopa quente — disse Charles —, e estarei pronto.

PawPaw sorriu.

— Vou começar a preparar a sopa.

— Obrigado — disse Xie. — A todos vocês. Sua gentileza não será esquecida. — Ele tirou um anel largo do dedo mindinho e o entregou a Long. Era um escorpião de jade sobre uma montanha de ouro.

Long colocou o anel no polegar.

— Depois que estiver curado — disse Xie —, vá a Kaifeng e procure um cavaleiro chamado Cang. Ele é muito famoso e não será difícil encontrá-lo. Mostre a ele este anel. Ele cuidará do resto. Alguma pergunta?

— Acho que tenho uma — disse Long. — Será que realmente devo fazer isso sozinho?

— Infelizmente, sim. Vai ser muito pedir a Cang que arrume um cavalo para mim e outro para você. Pedir um terceiro pode ficar fora de cogitação.

— Alguém pode montar o cavalo comigo?

— Não. A viagem é difícil demais para esperar que um cavalo carregue mais de uma pessoa.

Long assentiu.

PawPaw olhou para Hok.

— Quanto tempo acha que leva até Long estar suficientemente bom para lidar com o estresse de andar a cavalo durante dias?

— Imagino que quatro semanas — respondeu Hok. — Quer dizer, se tiver um estoque completo de ervas de cura. Ele provavelmente poderá montar um cavalo durante curtos períodos daqui a duas semanas, o que eu consideraria o tempo necessário para uma recuperação geral. É aceitável?

— Claro — respondeu PawPaw. — Só estou tentando fazer meus próprios planos. Sabe como encontrar Mong depois que chegar a Kaifeng?

— Sei — disse Hok. — Temos que conversar com Yuen no Jade Fênix.

— Perfeito — disse PawPaw. — Ela pode dizer a vocês como encontrá-los. Os bandoleiros vivem se mudando. Mesmo assim, devem levar menos de uma semana para encontrá-los. Eles moram na floresta, mas tendem a ficar relativamente próximos de Kaifeng. Assim que chegarem, peçam a Mong que envie três homens fortes para mim com duas carroças. Quando nós carregarmos e voltarmos ao acampamento dos bandoleiros, e Long viajar a Kaifeng, a perna dele estará curada.

— Nós? — perguntou Hok.

— Eu também vou para o acampamento dos bandoleiros — disse PawPaw. — Há uma guerra no horizonte. Mong precisará de toda ajuda possível.

Capítulo
8

ShaoShu estava sentado na ponta da cama, tirando fiapos de algodão do umbigo. Há muito tempo não ficava tão entediado.

Desde o incidente com o Imperador e a tinta derramada há dias, tinha sido mantido longe do escritório central de comando de Tonglong e das salas de reunião. Aliás, fora excluído de praticamente tudo, e passava quase o tempo todo naquele quartinho improvisado. Tonglong havia recrutado um grupo de soldados de elite para segui-lo e fazer o que ele mandava, e um dos soldados havia visto ShaoShu tentando levar comida para o Imperador. Consequentemente, ficara confinado aqui.

Mas tudo bem, até onde ShaoShu se importava. Quanto mais distância entre ele e Tonglong, melhor. Tinha ouvido algumas coisas a respeito do que o louva-a-deus traiçoeiro estava tramando e não gostava nem um pouco. Por exemplo, naquela manhã mesmo, ouviu uma conversa sobre Tonglong estar pagando caro aos soldados de elite para não revelarem a ninguém que o Imperador estava sendo mantido prisioneiro no caixote de porcos. Todos sabiam que o Imperador estava com Tonglong, mas achavam que recebia tratamento régio em uma das alas desse local luxuoso.

ShaoShu também tinha ouvido falar que Tonglong estava enviando enormes quantias em dinheiro para a Cidade Proibida, para subornar as pessoas, com o intuito de que obedecessem a ele. Dizia-se que o dinheiro era proveniente das vendas de parte do tesouro que Tonglong roubara da família de Ying, e isso chateou ShaoShu. Contudo, não havia muito que ele pudesse fazer. Não podia simplesmente escapulir para encontrar Ying e revelar tudo. Não sabia onde Ying se encontrava, e sempre havia um dos soldados de elite perto da porta. Já tinha tentado escapar em outras ocasiões, mas sem sorte.

ShaoShu fez beicinho. Odiava ficar preso naquele quarto.

Uma bolsa presa à faixa começou a se mexer, e ShaoShu olhou para baixo para ver o ratinho de estimação colocar a cabeça para fora da bolsa. Provavelmente, estava com fome. Tinha pegado o rato para cuidar enquanto estava no barco comandado por Tonglong. Isso foi antes de Tonglong se tornar Caudilho do Sul. Até agora, manter o bichinho feliz e alimentado não tinha sido problema.

— Desculpe, pequenino — disse ShaoShu, pegando o rato e afagando sua cabeça. — Não posso simplesmente sair e pegar comida quando quiser, como fazia antigamente. Tenho que esperar que me entreguem. Nem sequer posso escolher o que comemos. Sei que as coisas que têm trazido ultimamente não são boas para ratos. Desculpe.

O rato olhou para ele com olhos tristes, e ShaoShu o acariciou nas laterais do corpo, passando os dedos pelas costelas protuberantes.

— Talvez devesse soltá-lo — disse ShaoShu. — Você pode ir a lugares que não posso. Provavelmente, ficaria melhor livre. Vou deixar que decida.

ShaoShu colocou o rato no chão. O bichinho ficou parado um instante, olhando para ele. Em seguida, franziu o focinho e correu por baixo da porta.

ShaoShu suspirou.

— Adeus, amigo.

Desejava poder fazer o mesmo. Era muito bom em se espremer por lugares apertados, mas não havia descoberto jeito de escapar daquele lugar. Os soldados de elite de Tonglong eram os melhores dos melhores, e por melhor que ele fosse em passar furtivamente, não dava para enganá-los. Ficaria preso aqui para sempre.

A não ser...

A não ser que ele fosse com tudo. Deixasse de lado qualquer técnica furtiva e simplesmente corresse. Afinal de contas, era pequeno, rápido e ágil. Talvez valesse a tentativa. Além disso, do contrário, enlouqueceria, sentado naquele quarto dia e noite.

ShaoShu resolveu arriscar. Atravessou o recinto, verificou se os dois pergaminhos do dragão que havia roubado estavam escondidos nas dobras da túnica e abriu lentamente a porta.

Deu sorte. Havia um soldado perto, como sempre, e o homem estava muito próximo — apenas dois passos distante. Perfeito. Antes mesmo que o soldado pudesse abrir a boca para perguntar o que ele estava fazendo, ShaoShu abaixou a cabeça e passou correndo bem entre as pernas do sujeito. O soldado tentou agarrá-lo, mas errou. Quando girou para começar a persegui-lo, ShaoShu adquiriu velocidade.

— Pare, pequeno roedor! — gritou o soldado.

ShaoShu não olhou para trás. Viu que o corredor chegava ao fim, e teve que tomar uma decisão: virar para a direita ou para a esquerda. Escolheu a esquerda.

Deveria ter escolhido a direita.

Quando virou a esquina, ShaoShu deu de cara com Tonglong, que vinha avançando. ShaoShu virou para o lado, em um esforço para desviar de Tonglong, mas a mão de Tonglong desceu com incrível velocidade e agarrou a nuca de ShaoShu, que ganiu de dor, e Tonglong respondeu apertando ainda mais forte. A garra dele era incrível.

ShaoShu começou a soluçar.

— Por favor, pare, senhor. Está doendo muito.

Um grupo de soldados de elite surgiu atrás de Tonglong, e o soldado desgraçado de quem ShaoShu havia escapado se aproximou da direção oposta. Uma vez que ShaoShu e Tonglong estavam cercados, Tonglong soltou a garra, enfiando a cabeça de ShaoShu no chão.

— *Curve-se* — disse Tonglong.

ShaoShu obedeceu. Caiu de joelhos e bateu com a testa no chão três vezes antes de focar os olhos nos sapatos pesados de Tonglong.

— Levante-se — disse Tonglong.

ShaoShu se levantou.

— Onde pensa que vai? — perguntou Tonglong.

ShaoShu deu de ombros.

— A lugar nenhum, senhor.

— Isso mesmo — disse Tonglong. — Realmente achou que pudesse sair daqui?

Sabendo que Tonglong apreciava indivíduos fortes, ShaoShu levantou a cabeça e apontou para o soldado desgraçado.

— Passei por ele.

ShaoShu se encolheu para se proteger de um golpe que acabou não vindo. Em vez disso, Tonglong riu.

— Suponho que esteja certo, Ratinho. Como esqueço rápido as suas habilidades peculiares. — Tonglong olhou para o soldado desgraçado. — Saia da minha frente. Cuido de você mais tarde.

— Sim, senhor! — respondeu o soldado, e se afastou depressa.

Tonglong falou com ShaoShu mais uma vez:

— Parece que o tenho ignorado nos últimos dias. Imagino que esteja entediado sozinho naquele quarto o dia todo.

— Sim, senhor — disse ShaoShu.

— Posso resolver isso. Venha comigo.

ShaoShu se levantou e seguiu Tonglong para o escritório central de comando. Tonglong mandou que sentasse diante de uma mesa grande, em seguida ordenou que os homens esperassem do lado de fora. Os soldados saíram e fecharam a porta atrás deles, e Tonglong sentou em frente a ShaoShu, puxando um pequeno pergaminho enrolado, uma pena e um pouco de tinta da gaveta.

— Acha que pode encontrar o Clube da Luta de Xangai? — perguntou Tonglong.

— Sim, senhor — disse ShaoShu. — Fica a apenas poucas *li* daqui. Me lembro de ter vindo direto para cá depois do Campeonato do Clube da Luta.

— Ótimo — disse Tonglong. — Gostaria que você entregasse um recado para o dono do clube. É uma coisa que não quero que mais ninguém saiba, e acho que você é a pessoa perfeita para entregar.

ShaoShu fez beicinho.

— Porque não sei ler, senhor?

— Isso mesmo — disse Tonglong. — Porque não sabe ler.

Tonglong escreveu uma única linha no pergaminho e pegou um punhado de areia de um recipiente ornamentado sobre a mesa. Espalhou a areia sobre os caracteres recém-escritos, limpou e verificou a tinta com o dedo. Estava seca. Enrolou o pergaminho e o entregou a ShaoShu.

— O nome do dono do clube da luta é Yang. Dê isso a ele e volte direto para cá. — Tonglong alcançou uma bolsa presa à faixa e tirou uma moeda de ouro. — Isto será seu quando voltar.

ShaoShu olhou incrédulo para a moeda. Objetos brilhantes sempre o fascinaram, e aquela era a coisa mais brilhante que já tinha visto. Raios de luz refletiam com o sol que entrava pela janela fechada. Além de ser brilhante, a moeda valia uma pequena fortuna.

— Recompenso aqueles que são leais a mim — disse Tonglong, ajustando a trança longa. Sua roupa se abriu singelamente, e ShaoShu não pôde deixar de notar outro objeto brilhante, a chave que Tonglong usava no pescoço. Era a mesma que ShaoShu havia retirado do túmulo do pai de Tonglong. Era diferente de qualquer chave que ele já tivesse visto, com dragões entrelaçados. Tonglong alegava ser a chave da Cidade Proibida.

Tonglong fechou a túnica.

— Vejo que a lembrança do túmulo do meu pai continua viva em sua mente. A chave será posta em uso muito em breve. Seria sábio não tocar nesse assunto com ninguém. Nunca.

— Não, senhor — disse ShaoShu, ficando mais nervoso.

— Bom menino — respondeu Tonglong. — Agora vá. Se completar essa tarefa antes de escurecer, lhe darei *duas* moedas de ouro.

Os olhos de ShaoShu acenderam, e ele saltou da cadeira. Adoraria ter duas moedas de ouro daquele tamanho, mas sabia que isso jamais aconteceria. Assim que fosse liberado do centro de comando, iria na direção oposta do Clube da Luta, e não pararia de correr até encontrar Ying ou Long. Já estava de saco cheio de Tonglong.

Tonglong ordenou que seus homens abrissem a porta do escritório, e quando ShaoShu passou por ela, Tonglong deu instruções claras aos homens de que deixassem ShaoShu sozinho. Estava partindo em uma missão especial.

Os soldados obedeceram.

ShaoShu correu para fora e foi imediatamente atingido pelo frio, mesmo com o sol brilhando. O inverno, definitivamente, se aproximava. Teria entrado para pegar um casaco, mas recordou que não tinha um. Isso dificultaria a fuga ainda mais ou, ao menos, a tornaria mais desconfortável.

Decidiu correr para se manter aquecido e escapar mais rápido de Tonglong. Tinha avançado apenas dois quarteirões e ainda estava no alcance visual de Tong-long quando alguém começou a gritar:

— Hei! Menino! Você aí! PARE, EM NOME DA LEI!

Hã?, pensou ShaoShu, e viu um homem muito velho mancando para a estrada diante dele. O velho estava com um avental de comerciante e começou a acenar os braços freneticamente.

ShaoShu franziu o rosto, diminuiu o ritmo e passou a andar. Ao se aproximar do senhor, a mesma voz gritou:

— Pare, eu disse!

Confuso, ShaoShu olhou em volta e percebeu que a voz não pertencia ao lojista na estrada e sim a um velho açougueiro cuja loja se localizava do lado oposto da loja do velho. O açougueiro saiu de trás do balcão de carnes e acenou com uma machadinha.

ShaoShu parou onde estava. Atrás dele ouviu mais alguém gritar:

— Mantenha-o aí, veterano! Estamos indo!

ShaoShu virou para ver um grupo de sete soldados correndo para ele, da direção da central de comando de Tonglong. Mas ShaoShu não reconhecia nenhum deles. Não estavam com os uniformes vermelhos da equipe de elite de Tonglong. O que estava acontecendo? Os soldados correram para ele, e dois o agarraram pelos braços enquanto um terceiro puxava a túnica por trás.

— Bom trabalho — disse o soldado que agarrava a túnica ao comerciante. — Entregarei sua recompensa assim que processar a burocracia.

— Recompensa *dele*! — disse o açougueiro. — Eu vi primeiro! Não me ouviu gritar?

— Não, *eu* vi primeiro — discutiu o comerciante, furioso. — A recompensa é minha!

— Haverá tempo para vocês dois resolverem isso mais tarde — disse o soldado. — Não já recolheram recompensas suficientes? Nem sei se este garoto serve. Pode ser que seja jovem demais.

— É grande o suficiente — disse um dos homens. — Pague.

— O que está acontecendo? — perguntou Shao-Shu. — Por que estão fazendo isso? De que recompensa estão falando?

— Não banque o bobo, menino — disse o soldado. — Há dias que estamos recrutando todos os homens e meninos para o exército do Caudilho Tonglong. Não sei como conseguiu se esconder de todos nós por todo esse tempo, mas parece que está no exército agora.

ShaoShu se lembrou do pergaminho que Tonglong fez o Imperador assinar. Devia ser por isso.

— Quer dizer que vão simplesmente me levar para o exército? — perguntou. — Sem contar para ninguém? Mas e, hum, minha família?

— Quando não voltar para casa, saberão exatamente o que aconteceu — disse o soldado. — Todos já estão acostumados a essa altura. Todos os homens e meninos na região estão tendo as medidas tiradas para os uniformes neste momento. Agora venha conosco. Precisamos descobrir uma maneira de verificar sua idade.

— É melhor me soltarem! — alertou ShaoShu, ficando nervoso. Como Tonglong poderia fazer isso? — Ouçam — disse. — O Caudilho do Sol, Tonglong, me enviou para entregar uma mensagem importante ao dono do Clube da Luta de Xangai. Se não acreditam em mim, perguntem a ele.

O soldado riu.

— Não diga? Posso dar uma olhada nesse seu recado?

— Não — disse ShaoShu. — É segredo.

— É o que veremos — respondeu o soldado, mexendo nas dobras da túnica de ShaoShu.

ShaoShu se debateu e se contorceu, mas o homem conseguiu pegar o pequeno pergaminho e retirá-lo. Felizmente, os pergaminhos do dragão permaneceram escondidos.

O soldado desenrolou o pergaminho e cerrou os olhos.

— Esta é a sua ideia de piada?

— Não — disse ShaoShu. — Por quê?

— Por causa do que diz, seu anão. Vai pagar por isso!

— Como posso saber o que diz? — perguntou ShaoShu. — Nem sei ler!

Os olhos do soldado cerraram ainda mais.

— Diz "O Major Guan é um bufão".

— Quem é o Major Guan?

— Eu! — rugiu o soldado. — Sou o encarregado de reunir todos os fujões, pessoas como você, que tentam se esquivar da responsabilidade de responder ao recrutamento do Imperador para tropas adicionais. Como se já não soubesse disso. Amarrem-no!

— Espere... — começou ShaoShu, mas suas palavras foram interrompidas pela própria cabeça sendo empurrada até o queixo bater no peito.

Um soldado manteve sua cabeça abaixada naquela posição enquanto outro segurava os braços dele atrás. Um terceiro soldado cruzou os pulsos de ShaoShu e começou a amarrá-los com uma corda.

ShaoShu não se desesperou. A vida nas ruas já o tinha colocado no caminho de policiais antes, e ele já havia passado por isso mais vezes do que gostaria de admitir. Sabia exatamente o que fazer.

Cerrou os dois punhos, deixando os músculos do antebraço tensos enquanto o soldado que ele não podia ver amarrava a corda ao redor dos pulsos, nas costas. ShaoShu pressionou os antebraços flexionados para fora contra a corda cuja pressão só aumentava, até os pulsos doerem. Manteve a pressão mesmo depois que o homem havia acabado.

A cabeça de ShaoShu foi solta, e ele a levantou. Sentia a brisa fria soprando pelo espaço aberto que tinha conseguido deixar entre os pulsos, atrás, nas costas, e conteve um sorriso.

— Assim — rugiu o Major Guan, e os outros seis soldados responderam:

— Sim, senhor!

Um dos soldados empurrou ShaoShu e começaram a marchar em direção ao complexo. Os homens cercaram ShaoShu enquanto caminhavam, mas não o tocaram.

Esse foi o primeiro erro.

O segundo veio quando uma jovem bonita chegou na estrada atrás deles e se aproximou do velho comerciante. Todos os soldados viraram-se para olhar para ela.

ShaoShu se aproveitou da distração. Juntou os pulsos para fechar o espaço que havia deixado aberto e soltou os punhos, esticando os dedos. Rapidamente dobrou a mão direita em si mesma, tocando a ponta do polegar à ponta do mindinho, e soltou a mão extraordinariamente flexível da corda com um único movimento suave.

Estava com as mãos livres. ShaoShu as cerrou em punhos, e quando o Major Guan se virou para olhar para ele e continuar andando, ShaoShu enfiou as duas na virilha do major.

O Major Guan gritou e se inclinou para a frente, e ShaoShu desviou, correndo para longe do centro de comando. Tinha dado apenas alguns passos quando ouviu tiros de pistola e o ruído de cascos de cavalos. ShaoShu virou-se e viu Tonglong e diversos soldados correndo pela estrada na direção dele, sobre cavalos robustos e peludos.

ShaoShu sabia que não deveria tentar fugir. Parou, e Tonglong estava ao lado dele um instante depois.

— Está indo a algum lugar? — perguntou Tonglong.

ShaoShu estava assustado, mas também irritado. Tonglong armara para ele com aquele bilhete. Sabia que ShaoShu seria capturado assim que pisasse na rua. O menino descobriu que não conseguia se conter.

— Você sabia que eu seria pego, não sabia?

— Sabia — respondeu Tonglong com um sorriso. — Mas também tinha o palpite de que escaparia. E tinha razão.

— Foi um teste?

— Foi, e você passou com louvor, infelizmente. — Tonglong tirou duas moedas de ouro da bolsa na faixa e as jogou para ShaoShu. — Merece estas duas, Ratinho. Conseguiu encontrar um defeito nos procedimentos dos meus recrutadores. Terei que consertar isso, a começar pela maneira adequada de atar os nós. — Apontou com a cabeça para o monte de corda ainda pendurado no pulso esquerdo de ShaoShu.

ShaoShu encarou Tonglong.

— E se tivesse fracassado?

— Então, seria iniciado no treinamento de encarregados de pólvora logo amanhã. Sempre precisamos de crianças rápidas e ágeis como você no campo de batalha para carregar fusíveis de canhão e outros itens para as trincheiras.

ShaoShu desviou o olhar de Tonglong, frustrado.

— Alegre-se, ShaoShu — disse Tonglong. — Você conseguiu, o que significa que vai ficar comigo. Até mandarei fazer um uniforme vermelho para você, para que jamais voltem a questioná-lo.

— Obrigado, senhor — murmurou ShaoShu, ainda sem conseguir olhar para Tonglong. Olhou para o cavalo dele.

Tonglong cutucou o pescoço do animal.

— Não sabia que eu era um cavaleiro, sabia? Passei a vida cavalgando, e o melhor animal da China está esperando por mim em uma antiga fortaleza de bandoleiros. Há meses que não o vejo. Este aqui, baixo, forte e cabeludo, terá que servir por enquanto.

ShaoShu olhou para Tonglong, que apontou para as moedas na mão do menino.

— Estamos arrumando as malas e partiremos amanhã. Sugiro que troque parte da sua nova riqueza por um meio de transporte. Um dos meus homens da elite vai levá-lo para comprar um pônei hoje. Será uma longa jornada até a Cidade Proibida.

Capítulo 9

Long e PawPaw levaram quase duas semanas para empacotar todos os pertences de PawPaw, e ele estava feliz por estar quase concluindo a tarefa. Ela não possuía muitas roupas ou móveis, mas ele calculou que ela possuísse mais ervas medicinais do que os melhores boticários das maiores cidades. Muitos dos itens eram bem estranhos, e ela parecia ter guardado o mais estranho para o final.

— O que são estes? — perguntou Long, segurando uma pilha de pastilhas negras rígidas, cada uma mais ou menos do tamanho da palma da mão dele.

— Morcegos secos — respondeu PawPaw. — Bom para digestão.

— E estes? — disse ele, cutucando um pequeno recipiente contendo pequenos objetos desidratados.

— Não toque nisso! — disse PawPaw. — Línguas de cotovias. Muito caras.

Long puxou o dedo de volta e deu de ombros. Enrolou os últimos itens frágeis e prosseguiu para os últimos objetos pesados, como galhadas de cervos e cascos de tartaruga, que um dia seriam moídos e transformados em pó.

Graças à atenção constante de PawPaw, a saúde de Long melhorou progressivamente, e ele agora conseguia dar conta de quase todas as tarefas que ela impunha a ele. Tinha tirado os pontos, e ambos os ferimentos estavam reagindo muito bem. A estimativa de Hok de uma recuperação geral em duas semanas provou ser precisa, e ele estava saudável o suficiente para viajar. Provavelmente, estava pronto até para montar.

Long vinha pensando em cavalos desde que Xie os mencionara, e ficou relativamente aliviado quando os bandoleiros acompanhantes finalmente chegaram com dois cavalos, cada um puxando uma carroça vazia. Significava, também, que teria chance de observar os bandoleiros antes.

Seu *dan tien* sensível já havia detectado os bandoleiros se aproximando muito antes de baterem à porta de PawPaw, e não tinha certeza se estava gostando do que via. Espiando pelas janelas fechadas, Long viu o primeiro bandoleiro que surgiu, e era um dos humanos mais estranhos que ele já vira. O homem tinha um tronco socado, braços curiosamente longos e um bigode comprido que ia até o peito. Era imundo e, mesmo de longe, Long podia ver que seu nariz era muito largo, e quase completamente chato. Tinha cicatrizes espessas na testa e nas bochechas, um claro sinal de que o homem era um lutador veterano. Devia ser NgGung — Centopeia.

Hok e os outros haviam lhe contado a respeito de NgGung. Disseram que era um homem muito gentil, mas alertaram que ele adorava jogar um jogo chamado "Uma coisa nova você saberá a cada golpe". Aparentemente, NgGung encorajava pessoas recém-conhecidas a lutar, como forma de trocar de informação.

Felizmente, PawPaw conhecia os caminhos de NgGung. Correu para o lado de fora para cumprimentá-lo sozinha, enquanto Long continuava a espiar pelas cortinas, observando os outros dois bandoleiros. Um era grande, mas de boa aparência, com a cabeça e o rosto raspados. Parecia muito com Fu e, certamente, era o pai dele, Sanfu — Tigre da Montanha.

O outro homem era gigantesco, com cabelos curtos e oleosos, e a maior barba que Long já vira. Só podia ser Hung, ou Urso. Malao havia contado para Long sobre uma luta que tivera com Hung há muitos meses, e Long fez um registro mental de não se indispor com Hung.

PawPaw chamou Long para o lado de fora para conhecer o grupo, e, por sorte, NgGung não mencionou o jogo maluco. Após algumas formalidades, foram direto ao ponto de carregar as carroças com as coisas de PawPaw.

Hung deixou claro desde o começo que ele estava no comando e que estavam com pressa. Já era o meio da manhã, e ele queria estar na estrada até o meio da tarde. PawPaw os encorajou a passarem uma noite descansando em sua casa em vez de fazerem isso, e saírem pela manhã, mas Hung não quis nem saber. Disse que estava ansioso para voltar ao acampamento quanto antes, porque haviam recebido relatórios de que Tonglong e seu exército estavam indo na direção deles. Tinham muito trabalho a fazer para se prepararem para o que consideravam uma batalha inevitável.

Long trabalhou rápida e silenciosamente com os bandoleiros, e concluíram mais depressa do que Long imaginara ser possível. Os homens foram cuidadosos e eficientes. Ele estava impressionado.

O plano de Hung era viajar até o anoitecer, a não ser que a lua estivesse clara. Nesse caso, avançariam o máximo possível com a luz do luar. Os bandoleiros tinham levado seis dias para chegar até lá, e apesar de as carroças estarem carregadas agora, Hung queria voltar em cinco. Permitiu que comessem rapidamente uma refeição quente preparada por PawPaw e depois partiram.

Long acompanhou o ritmo ao lado de NgGung na frente da caravana, conduzindo o primeiro cavalo e a respectiva carroça. Sanfu se posicionou no centro do grupo, liderando o segundo cavalo e a carroça de

PawPaw. Hung protegia os flancos, com os gigantescos martelos de guerra ao lado.

Long e NgGung conversaram durante horas enquanto andavam. Apesar da aparência áspera de NgGung, Long o achou muito interessante e inteligente. Como um dos muitos espiões dos bandoleiros, NgGung sabia muito sobre a política da região. Ele e Long discutiram tudo, de Tonglong, ao Imperador, ao Templo Cangzhen.

Long aprendeu que muitos dos bandoleiros tinham sido monges que viveram em Cangzhen. Haviam saído por uma discordância com o Grão-mestre, mas ainda nutriam grande respeito por ele e por sua memória. Na opinião deles, o Grão-mestre havia se envolvido demais em política, principalmente no que se referia ao atual Imperador. Os bandoleiros não gostavam do Imperador, mas acreditavam que as coisas ficariam muito piores se Tonglong assumisse o trono. Juraram impedi-lo a qualquer custo.

Já era o crepúsculo antes de a conversa de Long e NgGung começar a diminuir. Nesse momento, Long começou a prestar mais atenção aos ruídos da floresta ao redor, e podia jurar que o nível de barulho estava diminuindo. Logo sentiu o *dan tien* começar a aquecer, e voltou-se para NgGung.

— Alguma coisa não está certa.

NgGung assentiu e levantou a mão para parar a caravana. Um homem magro de meia-idade com uma túnica surrada saltou de um arbusto diante deles. Mais dois homens com roupas igualmente gastas saltaram atrás das carroças de Long e NgGung. Os três carregavam *kwandos* artesanais — flechas longas de madeira com uma lâmina larga em uma extremidade e um espeto pesado de metal na outra.

Aqueles homens não poderiam ter escolhido armas mais impróprias para empunhar nos confins estreitos daquela trilha na floresta. Um *kwando* era feito para um campo de batalha aberto. Jamais conseguiriam manejar as armas adequadamente sem que atingissem os troncos de árvores e os galhos infinitos.

Era evidente que aqueles homens haviam planejado assaltá-los, mas, obviamente, eram amadores. Tinham escolhido as armas pelo choque que provocariam, não pela praticidade. E a julgar pela maneira desequilibrada com que o líder brandia a dele, estava igualmente claro que não saberia utilizá-la nem se dispusesse de espaço.

NgGung parecia ter notado essas coisas. Sorriu e deu um passo à frente.

— Pare! — comandou o líder com uma voz surpreendentemente forte. — Afaste-se da carroça e não terá problemas. Não queremos machucá-lo.

NgGung afagou a nuca do cavalo e entregou as rédeas para Long.

— Também não queremos problemas, meu bom homem — disse NgGung, dando mais um passo à frente. — Por que não acha outro para importunar?

— Não dê mais um passo — alertou o líder. Apontou a lâmina do *kwando* para a cabeça de NgGung e balançou-a poderosamente. Uma exibição impressionante para um homem tão magro.

O sorriso de NgGung se alargou. Ele continuou caminhando para o sujeito, que parecia incerto quanto ao que fazer.

NgGung parou ao alcance da arma dele e disse:

— Aplaudo sua determinação, mas alguém está prestes a se machucar com isso, e não serei eu. — Apontou para o nariz esmagado e passou um dedo na testa marcada, indicando uma vida de ferimentos de combate. — Faça um favor a todos nós e abaixe sua arma. Volte para a floresta e finja que jamais nos viu. Melhor ainda, junte-se a nós. Precisamos de homens corajosos como vocês. Posso até ensiná-los a segurar isso adequadamente.

O homem hesitou, e Long ouviu uma leve movimentação atrás deles. Virou para ver Hung e Sanfu derrubarem os outros dois com os próprios *kwandos*.

Long olhou para o líder e viu que as mãos dele estavam começando a tremer.

— Você parece ser um sujeito sensato — disse NgGung. — Foi justo com o aviso antes de atacar. Isso me diz que está no ramo errado. Um verdadeiro ladrão precisa ser implacável, atacar primeiro e falar depois. O que faz normalmente da vida?

O homem abaixou a cabeça.

— Sou padeiro.

— Nossa, que troca admirável! — disse NgGung, entusiasmado. — Melhor do que um ladrão. Sabe fazer pães recheados de carne suína?

O padeiro levantou a cabeça.

— Faço os melhores pães da região. Por quê?

— Excelente! — respondeu NgGung. — Temos centenas de pessoas no acampamento, mas nenhuma delas consegue fazer um pão com carne suína decente. Você será um herói!

O padeiro arregalou os olhos.

— Centenas de pessoas no acampamento? Nossa, vocês devem ser membros da Resistência! É uma honra conhecê-lo. — Fez uma reverência. — Se posso perguntar, o que está fazendo aqui? Dizem que seu acampamento fica ao Sul.

NgGung gesticulou para Long e PawPaw, que agora caminhavam em direção a eles na trilha, conduzindo o segundo cavalo e a carroça.

— Estamos reunindo recrutas. O momento não podia ser melhor. Gostaria de se juntar a nós?

— Certamente — disse o padeiro. — Acho que posso falar pelos meus amigos também.

Os dois homens no chão resmungaram alguma coisa que soava como concordância, e Hung e Sanfu os soltaram.

— Sabe de outros na área que possam ter interesse em se juntar à nossa causa? — perguntou NgGung.

— Acredito que posso trazer muitos compatriotas — respondeu o padeiro. — Mais de 100. Recrutadores do exército enviados por um novo caudilho chamado Tonglong estão percorrendo as vilas próximas, e a única maneira de conseguir escapar de um alistamento forçado é se escondendo na floresta. Os recrutadores desse comandante Tonglong estão destruindo nossas famílias e nossas vidas, e os soldados estão comendo todo o nosso estoque de inverno. Alguém precisa lidar com ele.

NgGung deu um tapa no ombro do padeiro.

— Muito bem. Reúnam todos os homens e mulheres que conseguirem, neste mesmo lugar, em 15 dias. Tragam o máximo de comida, armamentos e quaisquer suprimentos que consigam carregar. Cavalos seriam particularmente úteis. Soube que Tonglong tem se interessado por esses animais mais do que por recrutas.

— Tem — disse o padeiro. — Vou espalhar a notícia e encontrarei vocês aqui em 15 dias.

NgGung fez uma reverência.

— Foi um prazer conhecê-lo, meu amigo. Estou ansioso para experimentar seus produtos e encontrar nossos novos recrutas. — Ele apontou para Hung. — Podemos ir?

Hung resmungou, e continuaram na trilha.

Os próximos dias foram relativamente calmos para Long. Passava as horas do dia conversando com NgGung enquanto andavam, e as noites aprendendo o máximo que podia sobre cavalos com Sanfu, que era responsável por escolher os acampamentos e por se certificar de que os cavalos tivessem o bastante para beber e comer. Enquanto Sanfu dizia modestamente que não era especialista em cavalos, conseguia transmitir a Long uma boa ideia sobre como cuidar e lidar com um.

Long ajudava Sanfu a soltá-los das carroças todas as noites e removia os arreios. Em seguida, amarrava cada cavalo ao tronco de uma árvore, dando distância entre os animais para que pudessem comer e descansar, sem incomodar um ao outro e sem se embaralharem. Também verificava os cascos, tirando pequenas pedras e afins.

Antes do amanhecer, enquanto os outros ainda dormiam, Long montava um dos cavalos sem sela antes de prendê-lo novamente à carroça. Os cavalos eram velhos e mansos, e os achava clementes quanto a qualquer erro que cometia. Rapidamente aprendeu a guiar, segurando as rédeas e movendo suavemente as cordas de couro para a direita ou para a esquerda. Os cavalos eram muito mais sensíveis do que imaginara, e logo aprendeu a virá-los com um leve movimento de pulso.

Montar sem sela não era a coisa mais confortável do mundo, mas seria melhor do que percorrer uma grande distância, principalmente porque a perna e o braço ainda não estavam curados. Estava ansioso para tentar galopar, mas nunca havia espaço aberto suficiente para tentar. Além disso, como Sanfu havia destacado, estes eram cavalos atarracados da Mongólia. Se a marcha pesada deles era desconfortável em ritmo de caminhada, um galope chacoalharia seu esqueleto e machucaria o bumbum mais do que qualquer outra coisa que já houvesse enfrentado em clubes da luta.

Após cinco dias de trilha, Long estava começando a adquirir confiança nas habilidades de montaria, e não poderia estar mais satisfeito, principalmente depois que passaram por um bambuzal denso e ele viu um grupo de tendas em uma clareira.

Era o acampamento dos bandoleiros.

Capítulo 10

ShaoShu estava montado no pônei de segunda mão, olhando através dos raios da luz fraca da tarde para a caravana de cavaleiros à frente dele. Há semanas só via traseiros de cavalos, e já estava cansado disso. Torceu para que o fato de haver um grupo armando tendas significasse uma mudança de cenário a longo prazo.

Como parte da caravana oficial de Tonglong, Shao-Shu e os 99 dos soldados de elite do caudilho corriam na frente das tropas principais da antiga fortaleza de bandoleiros para que Tonglong pudesse fazer planos com o Comandante Woo, o homem que havia deixado como encarregado. Estavam com tanta pressa que Tonglong os proibiu de montarem acampamentos formais à noite. Dormiam sob as estrelas ou em casas de aldeões que encontravam.

ShaoShu se sentia péssimo com o tratamento dispensado aos aldeões. Os soldados arrancavam as pessoas das próprias casas e comiam tudo que viam, depois roubavam o que queriam e iam embora pela manhã. Se reclamassem, os soldados queimavam as casas.

ShaoShu queria que acabasse logo, mas sabia que não seria o caso. Tonglong estava apenas começando. Sua rede de recrutados havia crescido incrivelmente rápido, por causa das recompensas que oferecia, e homens e meninos estavam sendo arrastados para o exército em ritmo assustador. O alcance dos que recrutavam crescia mais rapidamente do que a própria caravana de Tonglong podia viajar.

Enquanto ShaoShu continuava pela trilha, teve os pensamentos interrompidos pela visão de soldados montando barracas em uma clareira ampla. Em um dos lados havia uma linha espessa de árvores. No outro, um muro danificado em alguns pontos e uma série de construções arruinadas. Estas eram feitas de pedra e estavam cobertas por marcas de queimado. Os telhados tinham buracos onde as chamas arrebentaram, e todas as portas e janelas haviam sido incendiadas. Ficou imaginando por que aquele local teria sido escolhido.

— Templo Cangzhen? — disse um soldado próximo. — Sério? Não foi à toa que o Caudilho Tonglong escolheu este local para montarmos nosso primeiro acampamento de verdade. Representa uma de suas primeiras vitórias, e, pelo que sei, fica bem perto da Fortaleza. Talvez finalmente consigamos uma folga desse ritmo insano.

Templo Cangzhen!, pensou ShaoShu. Então foi aqui que Hok e os outros moraram! Cutucou o pônei na garupa e o conduziu para a frente, em direção a uma parte desintegrada da parede. Queria dar uma olhada em volta antes que alguém o pusesse para trabalhar.

ShaoShu conseguiu atravessar o buraco sem chamar a atenção e saltou do pônei. Que ataque horrível deve ter sido! Além das marcas do incêndio, havia enormes manchas escuras nas laterais de muitas das construções que só podiam ser sangue. Não podia imaginar 2 mil soldados armados com canhões e mosquetes atacando 100 monges que não tinham mais do que algumas lanças e espadas.

Soldados começaram a chamar por ShaoShu, mas ele estava ansioso para ver mais. Amarrou o pônei a um pedregulho e se aprofundou na destruição.

Quando ouviu sobre os amigos crescendo no Templo Cangzhen, ShaoShu havia imaginado um único prédio. Contudo, era um monte deles e um muro alto cercando tudo. Manteve-se próximo à parede, escondido nas sombras, e logo chegou a um dos cantos de trás do complexo. Lá encontrou uma pequena construção com algo brilhante no telhado. Claro, não podia resistir em descobrir quem era. Olhou em volta e viu um pequeno cano de barro em um dos cantos do prédio. Parava em um dragão ornamentado de pedra sobre o telhado.

ShaoShu subiu pelo cano, foi até o dragão e parou onde estava. Havia outro dragão no telhado, escondido atrás do de pedra — só que este segundo dragão era real! Expôs os dentes pontudos para ele, pôs a língua aforquilhada para fora e rosnou:

— Saia!

ShaoShu soltou um pequeno grito e saltou para trás, tropeçando no dragão de pedra. Estava começando a cair do telhado quando o verdadeiro dragão enfiou as garras no colarinho do menino e o puxou para a segurança.

O dragão colocou outra garra sobre a boca de Shao-Shu e sibilou na orelha:

— Quieto, ShaoShu! Sou eu, Ying.

Capítulo 11

ShaoShu sentiu a pressão diminuir na boca e no colarinho e o encarou. Era de fato Ying.

— Desculpe — disse Ying. — Não o reconheci logo.

ShaoShu deu de ombros. Não sabia ao certo se deveria se sentir assustado ou em êxtase.

— O que está fazendo aqui? — perguntou.

— Poderia fazer a mesma pergunta. Contudo, acho que posso adivinhar o que está acontecendo. Tonglong está parando aqui, a caminho da Cidade Proibida.

— Na verdade, ele está parando aqui no caminho para a antiga fortaleza dos bandoleiros. Vamos esperar lá com um homem chamado Comandante Woo até as tropas chegarem do Sul e do Leste.

— Bom trabalho — disse Ying. — O que mais você sabe?

— Muitas coisas — respondeu ShaoShu. — Para começar, Tonglong é um homem muito mau. Às vezes, quando quer informações de alguém e a pessoa não dá, ele tortura fazendo...

— Posso imaginar — interrompeu Ying. — Olhe, não temos muito tempo para conversar. Pode me dar alguma informação específica sobre a tropa? Quantos homens Tonglong tem?

— Noventa e nove. Chama de "força de elite". São malvados e adoram usar pistolas. Usam uniformes vermelhos como o que estou usando e como o exército do Sul usa.

— Quantos homens ele está esperando chegar mais tarde?

— Ninguém sabe ao certo. Já tem dezenas de milhares e recruta mais a cada dia. É inacreditável.

Ying salivou.

— É muito mais sério do que eu imaginava. A Cidade Proibida tem sua própria força, que é considerável, mas acho que são apenas alguns milhares de homens. Tonglong pode conseguir vencê-los apenas nos números. Preciso chegar até ele antes que ele chegue à Cidade Proibida. Disse que ele vai ver o Comandante Woo agora?

— Acredito que sim — disse ShaoShu.

— Sabe alguma coisa sobre os planos a curto prazo?

— Um homem que Tonglong torturou disse a ele que os bandoleiros estão treinando um exército rebelde. Tonglong quer caçá-los e exterminá-los antes de chegar à Cidade Proibida.

— Obrigado, ShaoShu. Isso ajuda muito. Você é muito corajoso por ter ficado com Tonglong todo esse tempo. Tem alguma notícia sobre o Imperador?

— Tonglong o capturou e o mantém vivo até chegarmos à Cidade Proibida. Todos sabem que o Imperador está viajando com Tonglong, mas acham que está indo em estilo, junto com o exército principal. Na verdade está sendo transportado secretamente, contra a vontade, em um caixote feito para carregar porcos. Fede tanto que ninguém chega perto. Ele está sozinho lá dentro. Dou comida e água extra para ele quando posso, apesar de ter sido punido uma vez por isso.

— Bondade sua — disse Ying. — E Hok e os outros?

— Parece que Seh está com os bandoleiros, e Hok, Malao e Fu iam tentar encontrá-lo. Aposto que Long foi com eles e um homem chamado Xie, que era o guarda-costas pessoal do Imperador. Tonglong matou o pai de Xie, o Caudilho do Oeste. Tonglong até matou a própria mãe, AnGangseh. Ele não tem coração.

Ying franziu o rosto.

— É inacreditável! Estive sozinho nas montanhas e não soube quase nada disto. Preciso encontrar os bandoleiros e atualizá-los o quanto antes. Sabe onde podem estar?

— Não. Tonglong está planejando perguntar a mesma coisa ao Comandante Woo quando chegarmos à fortaleza. O que você estava fazendo nas montanhas?

— Treinando.

— Treinando o quê?

Ying alcançou atrás de si e levantou uma *jian* enferrujada do telhado. A lâmina estava coberta com amontoados escamosos laranjas e vermelhos, mas o cabo estava brilhante e dourado, coberto por dragões entrelaçados. Apesar de detestar armas, ShaoShu considerou aquela linda. Provavelmente, o que lhe chamou a atenção quando estava no chão.

— Uau! — disse ShaoShu. — É sua?

— Suponho que agora seja — respondeu Ying, triste. — Pertencia ao Grão-mestre deste templo, meu avô. Joguei-a aqui em cima depois que o matei, para que pudesse morrer também. Decidi tentar devolver vida a ela. Talvez me ajude a corrigir alguns dos meus erros.

ShaoShu não sabia o que dizer. Desviou os olhos para evitar encontrar os de Ying e notou um soldado que vinha na direção deles. Felizmente, o homem parecia estar procurando dentro dos prédios e não nos telhados. Ele gritou na entrada de uma estrutura próxima:

— ShaoShu! Cadê você, pequeno roedor? Não estou com humor para brincar de pique-esconde. Venha nos ajudar!

— Uh-oh — disse ShaoShu. — É melhor que eu vá.

Ying assentiu.

— Foi bom encontrá-lo.

— Você também. — ShaoShu virou para ir, em seguida parou e mexeu nas dobras da túnica. Puxou os dois pergaminhos do dragão que havia roubado de Tonglong e os entregou a Ying. — Quase me esqueci disso. Talvez sirvam para você. Um deles até tem desenhos de um homem segurando uma espada como a do seu avô em uma das mãos e um chicote de corrente como o seu na outra.

Ying arregalou os olhos e pegou os pergaminhos de ShaoShu, desenrolando-os rapidamente. Quando Ying viu os desenhos da figura com uma espada e um chicote de corrente, ShaoShu jurou que ele ia beijá-lo. Felizmente, Ying simplesmente afagou sua cabeça.

— Você me impressiona — sussurrou Ying com um sorriso largo, mas depois franziu o rosto.

— O quê? — perguntou ShaoShu.

— Acabei de perceber que Tonglong terá lido este pergaminho. Estará familiarizado com as técnicas aqui demonstradas. Não tem problema. Saber o que o inimigo sabe é meia batalha. Saia daqui, amiguinho. Já me deu mais do que mereço.

ShaoShu ficou radiante. Acenou rapidamente e desceu pelo cano para se reunir aos homens de Tonglong.

Capítulo 12

Seh sentiu o recém-chegado encará-lo do outro lado do acampamento. Sua carne começou a tremer, e os pelos da nuca se arrepiaram. Enquanto a visão continuava a melhorar, ele não precisava de olhos para saber quem tinha acabado de chegar. Apenas um dragão poderia projetar tanta energia.

Seh fez uma reverência para os 30 alunos brandindo lanças ao redor e os dispensou com um aceno de mão. Os alunos retribuíram a reverência e se retiraram.

Seh focou na direção da única trilha do acampamento. Era seu irmão Long, acompanhado por NgGung, Hung e PawPaw. Tinham duas carroças puxadas por cavalos com eles. Long entregou as rédeas de um dos cavalos para NgGung e acenou para Seh, que retribuiu o aceno, com um sorriso no rosto.

— Consegue nos ver? — gritou PawPaw para Seh em um tom de espanto.

— Consigo — respondeu Seh. — Seu tratamento de osso de dragão está fazendo milagres. Obrigado.

— Excelente! — disse PawPaw. — Quanto ainda tem?

— Entre o que me deu e a grande quantidade que Hok trouxe, acredito que tenha o suficiente para os próximos 350 anos!

PawPaw riu.

— Isso é ótimo. Suponho que, então, não terei que me preocupar em encontrar mais para você. É escasso demais. Seu pai está aqui?

— Está. Na tenda dele.

— Muito bom. NgGung, Hung e eu precisamos falar com ele imediatamente. Creio que queira visitar seu irmão mais velho.

— Nada me deixaria mais satisfeito.

Hung, NgGung e PawPaw foram para uma tenda larga no centro do acampamento, e Long foi até Seh. Long estava sorrindo, mas tinha uma expressão estranha no rosto. Olhou fixamente para Seh.

— Bom vê-lo novamente, Irmão Seh — disse Long, afinal.

— Igualmente — respondeu Seh.

Long o encarou novamente.

— Alguma coisa o está incomodando? — perguntou Seh. — Minha aparência, talvez?

— Está me confundindo — respondeu Long. — Sua presença parece a mesma, mas está muito diferente com cabelo. Parece Tonglong de longe, mas, agora que estou vendo de perto, é surpreendentemente parecido com sua mãe. Nada com que se preocupar, daqui a pouco me acostumo.

Seh franziu o rosto.

— Não quero me parecer com nenhum dos dois. Você não é a primeira pessoa a dizer essas coisas. Estou pensando em raspar o cabelo, como fazíamos no Templo Cangzhen.

— Talvez devesse, mas aí pode se parecer com seu pai.

— Ele *é* careca, mas jamais vou me parecer com ele. Ninguém parece. Às vezes, gostaria de ser mais como Fu, que parece muito com o pai dele. E você deveria ver Hok com a mãe, Bing, assim como a irmã dela, GongJee. Todas se parecem, e são todas ótimas pessoas.

— Elas estão aqui? — perguntou Long.

— Só GongJee. Fu, Malao, Hok, Bing e alguns outros partiram em uma missão de reconhecimento na antiga fortaleza dos bandoleiros. Há relatos de muitas atividades naquela área recentemente.

— Tropas de Tonglong?

— Achamos que sim. Ou pelo menos uma pequena parte das tropas. O que significa para nós é que talvez tenhamos que mudar nosso local de acampamento outra vez. Só estou aqui há alguns meses, e já nos mudamos três vezes. Este acampamento pode não parecer muita coisa, mas empacotar tudo e mudar dá um trabalho incrível.

Long assentiu, e Seh o observou olhando de uma barraca para outra.

— Há algumas centenas de nós aqui — disse Seh. — Mas grandes grupos de homens se juntam a nós a cada semana. Passamos quase todo o nosso tempo nos preparando para a guerra: esculpindo lanças, afiando armas, fabricando bolas de pistolas, apesar de termos poucas armas de fogo.

— Parece uma rotina caótica — disse Long.

— E é. É um ambiente tenso e nervoso, com todos constantemente no limite, esperando o início da inevitável batalha. Às vezes, fico exausto só de ver todos correndo, cheios de energia negativa, irradiando como raios de sol no verão.

Long franziu o rosto.

— O Grão-mestre me contou uma vez que na época que nascemos era assim.

— Meu pai me disse a mesma coisa. Agora entendo por que ele optou por me deixar com o Grão-mestre, e por que os pais de Hok fizeram o mesmo. Isto não é lugar para crianças.

Seh ouviu NgGung chamá-los à tenda de Mong, e Long disse:

— Isso foi rápido.

— Meu pai detesta perder tempo — respondeu Seh.

Seh e Long foram para a maior tenda do acampamento e encontraram o líder dos bandoleiros sentado de pernas cruzadas no centro do tapete surrado que ocupava todo o espaço. NgGung, Sanfu, Hung e PawPaw estavam sentados dos dois lados dele, e Mong acenou para Seh e Long sentarem à frente do grupo. Seh olhou com o canto do olho e percebeu Long examinando seu pai.

Seh não podia culpá-lo por encará-lo. Seu pai era gigantesco. Os ombros de Mong se encolhiam sob a túnica, lembrando a maioria das pessoas de uma python engolindo uma presa. Era também pálido e estranhamente pelado. Não só era careca, sem sobrancelhas, mas não tinha um único pelo nas partes de trás das mãos ou mesmo nos antebraços.

Enquanto a aparência de Mong era majestosa, ele irradiava uma energia positiva que imediatamente deixava os outros confortáveis. Seh sentiu Long começando a relaxar e observou quando ele se curvava respeitosamente.

— Bem-vindo, jovem dragão — disse Mong com sua voz profunda e poderosa. — Lembra-se de mim?

— Sim, senhor — respondeu Long. — Lembro-me de tê-lo visto no Templo Cangzhen. O Grão-mestre nunca falou muito sobre o senhor, mas NgGung me contou muitas coisas no caminho até aqui.

Mong assentiu.

— Você está bem? Soube que se feriu. Relatos sobre a sua luta no Clube da Luta de Xangai fizeram de você um herói. Derrotar um homem armado com pistolas e uma faca, estando desarmado, é muito impressionante. Meus parabéns.

— Obrigado — disse Long, soando um pouco envergonhado. — Estou quase recuperado dos ferimentos, graças a PawPaw e a minha irmã, Hok.

— Fico muito feliz em saber — disse Mong. — Vamos direto ao ponto. Tive uma discussão com seus companheiros aqui presentes, e, claro, seus irmãos de templo me contaram muita coisa quando chegaram há semanas. Você tem uma tarefa, e a estrada que deve seguir é bastante óbvia. Precisamos levá-lo a Xie o quanto antes. Ainda está disposto a ir?

— Sim, senhor.

— Excelente. Eis como as coisas se desenrolarão. NgGung irá equipá-lo com quaisquer suprimentos necessários, e você viajará com ele a pé até a cidade de Kaifeng. Ele sabe como encontrar o sujeito, Cang, a quem foi instruído procurar. Cang tem ótimas relações com os políticos locais, e não teve que abrir mão dos cavalos para as tropas de Tonglong. Cang lhe dará o melhor cavalo que você possa imaginar para o restante das suas viagens. A jornada até Tunhuang será difícil, mas confio nas suas habilidades. Você é jovem, ágil, forte e já provou seus recursos no combate direto, caso as coisas cheguem a esse ponto.

Long assentiu.

— Quando localizar Xie — disse Mong —, diga que ele precisa ir para a Cidade Proibida imediatamente com seus exércitos para reforçar as tropas de lá. Xie era o guarda-costas pessoal do Imperador, então a equipe do palácio deve escutá-lo. Teremos apenas uma chance de conter Tonglong. Vou me encontrar com Xie nos portões principais da Cidade Proibida uma semana antes do Ano-novo para discutir o plano de batalha que ele achar mais adequado. Minhas forças já estarão prontas, e espero ter entre 3 mil e 5 mil homens e mulheres treinados até lá.

— Ano-novo, senhor? — disse Long. — Faltam meses.

— Pelo que entendi, o corpo principal da tropa de Tonglong está avançando em ritmo uniforme, e o progresso atual os colocará na Cidade Proibida bem a tempo das celebrações do Ano-novo. Acredito que uma vitória no Ano-novo é o objetivo de Tonglong. Seria muito simbólico e seria condizente com a veia dramática de Tonglong. Está claro para você?

— É, senhor. O que devo fazer após transmitir esta informação a Xie?

— Fique com ele. Provavelmente, partiremos logo, e eu, por exemplo, não serei encontrado com facilidade. Mais alguma pergunta?

— Não, senhor.

— Vá com NgGung, então. Partirão imediatamente.

As sobrancelhas de Long se ergueram.

— Imediatamente, senhor?

— Isso é um problema?

— Estava esperando ver meus irmãos de templo. Seh me informou que estão em uma missão de reconhecimento da sua antiga fortaleza. Sabe quando devem retornar?

— Ainda vão demorar muitos dias — respondeu Mong. — Terá que esperar até chegarmos à Cidade Proibida para vê-los novamente.

Long suspirou.

— Entendo. Por favor, cumprimente-os por mim.

— Claro.

Long se levantou e se curvou ao grupo. Seh e Ng-Gung também se levantaram.

— Sigam-me, meninos — disse NgGung, e eles o seguiram até o lado de fora. NgGung andou rápido pelo acampamento. Seh descobriu que ele e Long tinham que correr para acompanhá-lo. Para um homem com pernas tão socadas, NgGung certamente se movia com grande velocidade.

Quando chegaram à última fileira de tendas, NgGung foi para uma um pouco mofada, pequena, suja e úmida. Independentemente de onde montassem acampamento, NgGung sempre se certificava de que sua barraca estivesse no ponto mais a favor da corrente de vento que prevalecia. Seh viu Long franzir o nariz.

Seh sussurrou para Long:

— Aqui tem um cheiro pior do que os pés de Malao. Entre por sua conta e risco.

— Lar, doce lar! — disse NgGung com um sorriso. — Entrem.

— Não, obrigado — respondeu Long. — Acho que vou esperar aqui.

— Como quiser — disse NgGung. — Já volto.

NgGung entrou e logo voltou com um monte de roupas. Jogou-as no chão e começou a separá-las, utilizando o nariz como o principal critério de agrupamento de itens. Quando terminou de farejar e separar, apontou para a menor pilha.

— Estas são para você. Não recomendaria as outras.

— Acredito em você — disse Long. — Obrigado.

— Não há de quê. Pode dar uma rápida lavada na tina dos cavalos se quiser, mas eu acho que estão boas. Boas demais, aliás. Acho que nunca as vesti. Foram presentes, mas detesto seda. Escorregadia demais.

Seh observou Long se inclinar sobre a menor pilha e inspirar rapidamente. Pegou as roupas e sorriu.

— São muito bonitas — disse Long. — Não sou nenhum especialista em roupas, mas parecem caras. E estão cheirando bem, também.

Long desapareceu atrás de uma árvore, reaparecendo como uma nova pessoa. A calça de seda marrom e a túnica combinando cabiam surpreendentemente bem, assim como o alinhado casaco de seda preta com pelo.

— Muito bom — disse NgGung. — Agora, apenas mais alguns itens... — Entrou na tenda mais uma vez, saindo com um par de botas de couro, luvas de couro pesadas, um chapéu de pelo e uma faca curta em uma capa pequena.

Long aparentou perder a fala. Pegou os itens e experimentou, e para Seh tudo pareceu caber bem. Long parecia agradado, mas entregou a faca a NgGung.

— Sinto muito, mas isso não posso aceitar.

— Claro que pode — disse NgGung. — Não é nada, na verdade. As botas custam mais do que a faca. Estou quase envergonhado em dá-la para você. Contudo, notei que você não anda com uma. Precisa mudar isso.

— Você não entende — disse Long. — Eu não gosto de facas.

— Isso não é uma faca — disse NgGung. — É uma ferramenta de sobrevivência. Você não deve *nunca* viajar sem uma. Cang não permitirá que você monte um dos cavalos dele sem alguma coisa afiada na mão. E se você ou o cavalo ficarem presos em alguma coisa? Cavalos são cheios de cordas penduradas. Facas cortam mais do que pessoas, sabia?

Long enrubesceu.

— Tem razão. Desculpe.

— Não se desculpe. Apenas coloque atrás da faixa e esqueça o assunto. Nem saberá que está lá. Preciso pegar algumas coisas da nossa barraca de estoque, e então podemos partir.

NgGung se apressou e Long colocou a faca entre a faixa da túnica e a lombar. Voltou-se para Seh.

— Acho que é isso, Irmão — disse Long.

— É isso — respondeu Seh. — O começo de alguma coisa grande. Posso sentir.

Long assentiu.

— Posso sentir também. Por favor, dê um abraço em Fu, Malao e Hok por mim.

— Dê você mesmo. Nos vemos na Cidade Proibida.

— Você acha?

— Eu sei.

Capítulo 13

Long e NgGung conseguiram viajar em um ótimo ritmo nos quatro dias seguintes, a caminho de Kaifeng. Dormiam pouco e comiam menos ainda, mas Long estava satisfeito mesmo assim. NgGung era uma companhia interessante e conhecia aquela região como a palma da própria mão. Sabia exatamente até onde viajar a cada dia e onde ficavam os melhores abrigos de pedra e árvores ocas. Faziam algumas paradas para beber água, mas eram raras, visto que cada um carregava sobre os ombros dois recipientes de água que Long utilizaria na viagem pelo deserto até Tunhuang.

Além da água, NgGung havia providenciado um alforje cheio de carnes-secas e frutas para a viagem, assim como um mapa. NgGung disse que a distância entre Kaifeng e Tunhuang era de mil *li*, e que uma pessoa levaria no mínimo 30 dias para fazer a viagem a pé. Com um cavalo normal, demoraria dez dias, mas com um dos "Cavalos Divinos" de Cang poderia viajar em cinco ou seis. Os cavalos de Cang eram famosos pela velocidade, assim como a histamina. Agora que tinha alguma experiência em montaria, Long mal podia esperar para cavalgar um deles.

Chegaram à parte sul de Kaifeng bem depois do anoitecer do quarto dia, o que para NgGung era ótimo. Ele conhecia a cidade tão bem quanto o campo, e passaram indetectáveis pelos becos de fundo e pelas ruas laterais pouco movimentadas atravessando o sul da cidade até chegarem ao meio, nas águas geladas do rio Amarelo. Lá viraram para Oeste, seguindo a corrente fluvial durante horas no frio antes de chegarem aos contornos da cidade enquanto o sol finalmente começava a se levantar e trazer um pouco de calor, muito bem-recebido.

Sob a luz do dia que crescia, Long viu uma cerca que ia até à sua cintura e que se esticava, a partir da margem do rio, até onde se podia enxergar. Apontou um dedo coberto pela luva para a linha aparentemente infinita.

— O que poderia precisar de tanto espaço assim?

— Logo descobrirá — disse NgGung. — Esse é o pasto de Cang.

— Impressionante! — respondeu Long. — Onde ficam os estábulos?

— A muitos *li* rio acima. Esta é a extremidade leste das terras dele.

— Quanto tempo levaremos até lá?

— Até lá? Não sei. Poucas pessoas já viram os estábulos. Ele sempre vem até mim. Percorre as cercas toda manhã, verificando para ver se há partes danificadas pelo clima ou ladrões durante a noite. Ainda é cedo demais para que tenha chegado aqui, então, se simplesmente esperarmos aqui, ele logo nos verá. Enquanto isso, relaxe. Esta pode ser sua última oportunidade de dormir por um bom tempo.

NgGung repousou os recipientes d'água e a bolsa de viagem, e sentou no alto da cerca. Apontou para o capim espesso no interior da grade.

Long entendeu. Repousou os próprios itens ao lado dos de NgGung, saltou a cerca e deitou no mato macio, ao sol suave. Dormiu quase instantaneamente. Três horas se passaram antes de ser acordado pelo som de cascos batendo na terra.

Long se sentou e viu um homem montado em um belo cavalo preto, correndo pela fileira em direção a eles, em incrível velocidade. O cavalo era mais alto e magro do que os dos bandoleiros, e tinha muito menos pelo. Era esguio e lindamente proporcional, e mesmo de longe Long podia ver um brilho nos olhos dele.

— Lá vem Cang — disse NgGung.

Long continuou olhando para o cavalo, e antes que pudesse perceber o animal estava quase sobre ele. E mais, não parecia que iria parar. Os cascos o esmagariam se ele não se mexesse.

Long se jogou sobre a cerca. Ao mesmo tempo, Cang gritou:

— *Whoa!* — E Long o viu puxar as rédeas, fazendo o animal parar a um palmo de onde estava deitado.

Cang olhou para NgGung e deu uma piscadela, em seguida NgGung gargalhou, batendo na própria coxa.

— Não importa quantas vezes o veja fazendo isso, nunca me canso! Hilário!

Long franziu o rosto. Não achou nem um pouco engraçado. Mesmo assim, olhou para Cang e teve a sensação de que era um homem decente, apesar do estranho senso de humor. Cang o saudou com um aceno de cabeça, e Long se curvou respeitosamente.

Long se levantou e olhou para o cavalo de Cang. Ficou surpreso em ver que, apesar de estar até agora correndo muito acelerado, não parecia nem um pouco cansado. Aliás, não estava nem suando.

Quanto a Cang, era diferente do que Long esperava. O cavaleiro era velho e magro, com cabelos longos e brancos que escorriam atrás dele em tufos finos. Faltavam-lhe quase todos os dentes, e ele tinha o rosto tão marrom e gasto quanto uma velha bota de couro. Contudo, o rosto era marcado por linhas de risos, que suavizavam demais a aparência. Apesar de ter acabado de pregar um grande susto em Long, este não conseguira ficar com raiva dele.

— Saudações — disse Cang a Long. — Estive esperando por você. Ou, pelo menos, acho que é por você que estive esperando. Xie me contou que alguém com a sua descrição estaria vindo para cá. Tem algum meio de se identificar?

Long retirou as luvas pesadas de couro e levantou o polegar esquerdo. O anel que Xie havia lhe dado brilhava ao sol de fim de manhã.

— Aí está — disse Cang. — A marca do meu lorde. Você deve ser o escolhido. — Ele deu uma piscadela.

— Seu lorde? — perguntou Long.

— Meu caudilho, se preferir. Meu líder. Posso viver em Kaifeng com esse rico capinzal e esse suprimento infinito de água, mas me considero um membro leal da família do deserto de Xie. Desde que o pai dele morreu, agora sirvo a ele.

— E o Imperador?

— As raízes familiares de Xie são mais profundas do que as da sempre mutante Cidade Proibida. Na cidade de Tunhuang, o Caudilho do Oeste é mais reverenciado do que o Imperador.

Long não fazia ideia de que Xie era tão poderoso. Olhou para o cavalo magnífico de Cang, que sorriu.

— Já andou a cavalo, jovem?

— Um pouco, senhor.

— Quantos cavalos diferentes?

— Dois.

— De que tipo?

— Cavalos comuns.

— Que tipo de cavalos comuns?

Long pensou por um instante.

— Velhos.

Cang riu.

— Quero dizer, de que raça?

— Sinto muito, não sei.

— Foi o que pensei. Faz alguma ideia do que o espera?

Os ombros de Long desceram.

— Provavelmente, não.

Cang franziu a testa e fez seu olhar encontrar o de Long.

— Quantos anos você tem?

— Treze.

— Pela aparência, teria palpitado mais, talvez 16. Não sei ao certo se está pronto para uma jornada como essa. Contudo, lhe darei uma chance. Prove que sabe cavalgar, e o ajudarei.

Long suspirou aliviado.

— Obrigado, senhor.

— Agradeça mais tarde. Primeiro, preciso me certificar de que não irá se matar. — Cang começou a descer da sela.

Long arregalou os olhos.

— Quer que eu monte *esse* cavalo? Agora?

— Sim — disse Cang. Saltou do cavalo como um homem com metade da sua idade e entregou as rédeas a Long. — Vamos ver o que consegue fazer.

Long olhou para o cavalo, com a sela e os estribos.

— Até hoje só montei sem sela, senhor.

— Usou rédeas?

Long assentiu.

— E kung fu?

— Como, senhor?

— Já praticou kung fu?

Long olhou para Cang, confuso.

— Pode-se dizer que sei um pouquinho sobre o assunto.

NgGung gargalhou.

— Engraçadinho, Long.

Long o ignorou.

— Tudo bem — disse Cang. — Suponho que saiba fazer a Posição Cavalo.

— Sei.

— Eis o que vai fazer, então. Monte o cavalo e ponha os pés nos estribos em cada lado do animal. Em seguida se encolha na Posição Cavalo, ou Posição Montando Cavalo, como alguns instrutores de kung fu chamam, e utilize as pernas como molas para ajudar a absorver o choque do cavalo em movimento. Será difícil para suas coxas, e até para a barriga e os músculos das costas, mas quanto mais tempo permanecer sem encostar na sela, menos hematomas e feridas de sela sofrerá. Entendeu?

— Sim, senhor.

— Ótimo. Agora, suas pernas não podem sustentá-lo desse jeito o dia todo, então terá que sentir como é quando puder sentar e quando não deverá. Levará tempo, mas vai conseguir.

— Entendo.

— Entende? Suba e me mostre.

Long virou para olhar para o lado esquerdo do cavalo, tomando as rédeas na mão esquerda. Colocou o pé esquerdo no estribo, levantou a perna direita no ar, alto, lançando-a para a frente para subir nas costas do animal. Infelizmente, o cavalo não estava mais lá. Estava pulando de lado, para fugir dele.

Long se sentiu caindo para trás, e não havia nada que pudesse fazer. Abaixou o queixo até o peito para proteger a parte de trás da cabeça e caiu violentamente no chão, sobre as costas, o pé esquerdo ainda preso no estribo, e as rédeas ainda na mão. Felizmente, o cavalo não disparou. Simplesmente permaneceu parado, olhando para ele.

Cang correu e tomou as rédeas de Long. NgGung saltou da cerca, soltando a bota de Long do estribo. Long sentou e sentiu a coxa direita ferida começar a latejar.

— O que acabou de acontecer? — perguntou.

— Regra número 1 — disse Cang. — Preste atenção nas rédeas. Quando saltou no ar, deixou a mão esquerda cair. As rédeas ficam presas a uma coisa chamada broca, um pedaço de metal entre os dentes do cavalo. Puxar para baixo desse jeito machuca.

— Desculpe — disse Long. Ele se levantou e se limpou. — Lição aprendida.

— Humpf — murmurou Cang, entregando as rédeas outra vez para Long.

Long tentou montar novamente, dessa vez prestando atenção às rédeas. Subiu na sela com um movimento suave. Olhou para NgGung, que havia subido novamente na sela e assentira em aprovação.

Long virou para ver a reação de Cang e sentiu o peso desviar para um lado. As novas calças de seda o fizeram escorregar violentamente na sela lisa de couro, e ele apertou as pernas contra as laterais, em um esforço para recuperar o equilíbrio.

O cavalo disparou.

— Hei! — gritou Long enquanto trotavam por dentro da cerca. Escorregando ainda mais agora, por causa da marcha, Long lutou contra o impulso de puxar as rédeas para se apoiar. Não sabia se isso machucaria o cavalo ou não, mas arriscou e agarrou um punhado de crina, ajeitando-se numa posição sentada e equilibrada.

O cavalo parecia bem com isso, e Long suspirou aliviado.

Infelizmente, agora estavam se movendo em um ritmo veloz, e ele continuava escorregando, mesmo com os pés nos estribos. Mantendo uma Posição Cavalo, como

Cang havia instruído, parecia ajudar, mas manter os dois pés paralelos ao chão parecia ainda mais difícil do que havia imaginado, porque o cavalo balançava de um lado para o outro a cada passo.

Long reposicionou o corpo repetidamente num esforço para encontrar a postura que melhor funcionasse, mas obteve pouco sucesso. Agachar-se para a frente e levantar os calcanhares não ajudou. Inclinar-se para trás e empurrar as pernas para a frente foi ainda pior. Mas por fim, descobriu que era melhor se mantivesse o corpo reto, perpendicular ao chão, exatamente como uma posição adequada de kung fu. Manteve as pernas esticadas, abaixou os calcanhares e alinhou as orelhas, os ombros e os quadris com os calcanhares. Funcionou perfeitamente.

Uma vez confiante no avanço, Long resolveu trabalhar em virar o cavalo. Cang e NgGung já estavam fora do alcance visual, e ele precisava virar o animal 180 graus para a direita, porque a cerca ainda estava próxima, à esquerda. Deixou as rédeas escorregarem para a direita no pescoço do cavalo, que começou a virar em um arco largo.

As coisas estavam indo bem até chegar a um ponto em que o ângulo do cavalo fez suas calças de seda escorregarem novamente. Pressionou a perna direita contra o lado direito do animal, para poder manter o equilíbrio, e o cavalo de repente virou com tudo naquela direção, quase arremessando Long para fora da sela. Instintivamente, ele apertou as duas pernas para se manter montado, e o cavalo disparou outra vez, galopando dessa vez.

Long se lançou para a frente e enrolou os braços no pescoço do cavalo, segurando-se com toda a força. O cavalo ganiu e roncou, correndo como um louco pela linha ao longo do rio. Em menos tempo do que ele imaginava, viu Cang e NgGung à frente. Ambos acenavam freneticamente, sinalizando para que puxasse as rédeas.

Long soltou relutante o pescoço do cavalo e agarrou as rédeas do jeito que podia. Puxou-as para trás, talvez um pouco forte demais, e o cavalo parou onde estava, abaixando a cabeça.

Entre o ímpeto de avanço de Long e as calças escorregadias, atirou-se para a frente sobre a cabeça abaixada do cavalo como fogos de Ano-novo. Rolou de um jeito que deixaria qualquer acrobata orgulhoso, girou sobre o pasto macio três vezes, em seguida se levantou. Esfregou os velhos machucados na perna direita doída e no ombro esquerdo, e olhou para Cang.

Cang começou a rir tanto que correram lágrimas por seu rosto semelhante a couro.

— Vejo pessoas montando há mais tempo do que lembro, e esse só pode ter sido o pior desmonte que já vi. Parabéns.

Long franziu o rosto e olhou para NgGung, que estava rindo quase tanto quanto Cang.

Long chutou a poeira e foi até o cavalo. O animal olhava para ele como se nada tivesse acontecido.

— O que houve com esse bicho maluco? — perguntou Long.

— Por que acha que há algo de errado com ele? — disse Cang, limpando as lágrimas. — É um dos melhores cavalos com os quais já trabalhei. Não precisa nem segurar as rédeas dele. Pode controlar a velocidade simplesmente utilizando as pernas. É um truque que os mongóis utilizam nas planícies, para poderem cavalgar e atirar flechas ao mesmo tempo.

Long pensou por um instante e percebeu o que tinha acontecido.

— Então, se eu apertar uma perna em uma lateral do cavalo, ele vira naquela direção, e se apertar as duas, ele acelera?

Os olhos de Cang brilharam.

— Isso mesmo. Você aprende rápido. A maneira como controlou aquelas quedas foi impressionante também. Ficará bem, mesmo com essas calças estúpidas.

Long olhou para as próprias pernas. A seda fina agora estava tão suja quanto qualquer outra coisa que NgGung havia tirado da barraca, e suas roupas não estavam mais com um cheiro tão melhor que as de NgGung. Estava começando a feder a cavalo.

Cang balançou alguma coisa nas mãos, e Long viu que ele estava segurando o mapa que NgGung havia lhe dado.

— NgGung tirou do seu alforje enquanto você estava aí se provando — disse Cang. — Há muitas rotas para Tunhuang, mas acredito que esta seja de fato a melhor, por ser a mais curta. Contudo, é também a mais devastada. Não há cidades ou vilas no caminho, apenas um pequeno posto de parada na beira do grande deserto de Gobi. Se eu lhe der um dos meus cavalos, deve concordar em parar lá. O posto é um pouco mais que uma pousada, com uma pequena oficina de ferreiro, e o dono é meu amigo. Ele se chama Ding-Xiang, e entende muito de cascos de cavalo. Diga a ele que o mandei, e peça que inspecione o cavalo. Nunca ponho ferraduras nos meus cavalos, mas para onde você está indo tem um terreno muito diferente. Mostre-lhe o mapa, e ele irá determinar o curso de ação que deve ser seguido, se é que há algum. Peça que lhe venda calças de montaria. Você tem dinheiro, não tem?

— Um pouco — respondeu Long.

— Um pouco é tudo que precisa. DingXiang não irá cobrar pelos cuidados com GuangZe.

— *GuangZe?* — perguntou Long. — Brilho? Esplendor? O que significa isso?

— É o nome do cavalo que acabou de montar. Tinha escolhido um diferente, mas acho que deve levá-lo. Ele tem medo de barulhos altos, mas, fora isso, é uma montaria confiável. Melhor de tudo, acho que gosta de você. Posso voltar andando para os estábulos.

— Gosta de mim? — perguntou Long, olhando para o cavalo. Ainda tinha um brilho intenso no olho.

— Como sabe?

— Não tentou mordê-lo.

— Cavalos *mordem*?

Cang rosnou.

— Você realmente não sabe onde está se metendo, sabe? Saia daqui antes que eu mude de ideia.

Capítulo 14

Long cavalgou mais rápido do que o vento, atravessando *li* após *li* do capinzal aberto. Inicialmente, adorou cada segundo. Parecia que estava voando, a cavalgada despertando sensações que ele jamais soube que estavam trancadas dentro de si. Devia ser o dragão interior, voando pela primeira vez.

A sensação não durou muito. Quanto mais distante chegava, mais desconfortável ficava. O terreno logo se tornou árido e frio, com brisas secas fazendo sua pele rachar. Começou a ver bolsões de terra infértil cobertos de areia, a areia de alguma forma conseguindo chegar a seus olhos, ouvidos, nariz e cabelo, apesar de estar usando um chapéu cobrindo inclusive quase todo o rosto. Felizmente, GuangZe parecia imune a esses desconfortos.

No terceiro dia de viagem, chegou ao posto e à beira do deserto de Gobi, onde não havia nada a Oeste além de areia até onde ele podia enxergar. Era um lugar estranho, esse deserto no Norte. Apesar de previamente associar desertos aos relatos que o Gráo-mestre narrava sobre lugares quentes, aqui nas franjas estava começando a nevar.

O posto em si se constituía de pouco mais do que duas construções surradas pelo tempo, uma, relativamente grande, e a outra, pequena. Fumaça espessa saía de uma chaminé presa à pequena, e Long ouviu o som de metal sendo martelado do lado de dentro. Obviamente, era a oficina de ferragem do DingXiang.

Anexo a um dos lados do prédio maior havia um pequeno estábulo com três cavalos da Mongólia. Long foi para o estábulo no crepúsculo que se aproximava, e seu *dan tien* começou a aquecer. Havia pessoas lá dentro.

Enquanto Long se aproximava, dois homens baixos saíram do interior cobertos pelas sombras do estábulo. Estavam vestidos de seda preta da cabeça aos pés, os rostos ocultos por uma extensão dos turbantes pretos. A única coisa que se via eram os olhos estreitos. Cada um deles portava uma espada longa e curva, diferente de qualquer outra que Long já havia visto. As espadas estavam nas capas, mas seguras de modo agressivo.

Long não queria encrenca. Contudo, se tivesse que haver alguma, o último lugar onde queria que isso acontecesse era montado em um cavalo. Desmontou rapidamente e amarrou GuangZe a um poste enquanto os outros se aproximavam. Um deles disse com um mandarim carregado de sotaque:

— É um belo animal.

— Obrigado — respondeu Long, incapaz de determinar de que país era aquele homem. — Sabe onde posso encontrar o ferreiro DingXiang?

— Ele não está aqui.

Long apontou para a pequena construção.

— Então, quem está lá?

— Seu aprendiz, mas está muito ocupado agora. Talvez possamos ajudá-lo.

— Aprecio a oferta, mas prefiro esperar por DingXiang.

— Ele não é esperado nas próximas horas. O que quer com ele?

Long não respondeu.

O homem desviou o olhar de Long e olhou para GuangZe.

— Certamente, é um belo animal — disse ele novamente. — Consideraria vendê-lo?

— Não.

— Estamos dispostos a dar uma bela quantia por ele, além de um de nossos cavalos para que você ainda tenha transporte. Para onde está indo? Para Tunhuang?

Long não respondeu.

— Claro que está. Não existe outra razão para estar aqui. Nossos cavalos conhecem o caminho para Tunhuang de olhos fechados. Passaram a vida inteira nas areias. Você estaria bem melhor com um deles.

— Não, obrigado.

— Tem certeza?

— Positivo.

O homem balançou a cabeça com o turbante e acenou para o companheiro.

— Acho que teremos que tomá-lo à força, então. — Ambos os homens sacaram as espadas e avançaram em direção a Long.

Long não se surpreendeu. Olhou para o estábulo, com a esperança de ver um forcado, uma pá ou algum outro objeto que o ajudasse a se defender de um ataque, mas as paredes estavam nuas.

Enquanto os homens se aproximavam, os olhos de Long caíram sobre a porta do estábulo. Alta e larga, deslizava por um trilho pendurado no alto. Uma corda passava, uma ponta amarrada à porta e a outra a um pequeno contrapeso. Esse contrapeso facilitava a abertura e o fechamento da porta.

Poderia também ajudar a salvar a vida de Long.

Quando os homens estavam a três passos dele, Long agarrou os recipientes de água semicheios, pendurados na garupa de GuangZe, e jogou-os nos atacantes. Os homens se viraram para proteger os rostos, e a água bateu inofensivamente nas costas e nos ombros deles. Quando se ajeitaram e se colocaram em posição para mais um ataque, Long já havia chegado à porta.

Deu um salto e agarrou a corda, próximo ao centro do comprimento. Ao cair novamente, o contrapeso subiu, parando abruptamente quando chegou à primeira polia.

A corda arrebentou na mão de Long, exatamente como ele esperava. Soltou-a e deixou o contrapeso cair no chão, a corda arrebentada soltando da polia e aterrissando sobre o contrapeso.

Long agarrou a ponta arrebentada da corda, enquanto os dois agressores entravam em ação. Enrolando a corda na mão esquerda, pegou o contrapeso com a direita e puxou o braço direito para trás. Quando o primeiro estava ao alcance, Long lançou o contrapeso na cabeça do sujeito, soltando a corda ao mesmo tempo que mantinha presa a ponta.

Foi um golpe direto. O homem caiu de joelhos e a corda ficou frouxa. Contudo, o homem ficou apenas tonto. O turbante tinha absorvido mais impacto do que Long gostaria.

Long mudou a ponta da corda para a mão direita. Deu alguns passos para trás para criar mais espaço entre ele e o segundo homem, que se aproximava, e balançou o braço direito em um arco amplo, o contrapeso saindo do chão e voando como a ponta pesada de um chicote de corrente ou, mais precisamente, um dardo da corda.

Long sempre fora muito habilidoso com o chicote de corrente e o dardo da corda. Ambos imitavam os poderosos movimentos varredores da cauda de um dragão. Mirou o contrapeso na cabeça do segundo homem, que ergueu a espada na frente do rosto na tentativa de se proteger.

O contrapeso, que balançava, enrolou a corda no cabo da espada. Long deu um puxão forte, arrancando a espada das mãos do homem espantado.

Long olhou para o primeiro atacante e viu que ele havia cambaleado até o estábulo e estava remexendo em um alforje. Puxou uma pistola e mirou no peito de Long.

— Deveria ter usado isto desde o começo — disse o homem. — Largue a corda e...

O *dan tien* de Long começou a estremecer. Ouviu cascos batendo atrás dele. Virou para ver um senhor muito parecido com Cang passar rugindo no que parecia ser um Cavalo Divino. O cavaleiro parou em uma nuvem de poeira diante do estábulo e puxou duas pistolas da faixa. Apontou uma para o homem armado dentro do estábulo e a outra para o desarmado.

— Largue a pistola — disse o cavaleiro ao homem no estábulo.

— Acho que não, DingXiang — respondeu o homem no estábulo. — Acho que estamos em um beco sem saída.

— Pense outra vez — disse uma nova voz de trás do estábulo.

Long olhou para ver um jovem dobrar a esquina carregando uma pistola em uma das mãos e duas pinças de ferreiro brilhando na outra. Derrubou as pinças na areia e se posicionou de modo que o homem no estábulo não pudesse atirar ou sequer vê-lo, mas o agressor desarmado ainda era um alvo fácil.

O desarmado engoliu em seco e gritou para o companheiro dentro do estábulo:

— É o aprendiz, e ele está com uma pistola apontada para a minha cabeça. Faça o que ele está mandando. Não vale a pena morrer por causa desse cavalo.

O homem no estábulo praguejou e devolveu a pistola ao alforje. Fechou a bolsa e olhou para DingXiang.

— Satisfeito?

— Ficarei satisfeito quando vocês dois forem embora. Levem seus cavalos e não voltem mais.

Ambos obedeceram. Montaram nos cavalos e foram embora, o desarmado nem se incomodou em pedir a espada de volta.

O aprendiz deu um passo à frente. Long viu que ele tinha mais ou menos 17 anos.

Long se curvou em reverência a ele e a DingXiang.

— Obrigado aos dois — disse ele. — Sinto que devo recompensá-los de alguma forma.

— Não foi nada — disse DingXiang. — Infelizmente, essas coisas acontecem com frequência por aqui. Devemos aceitá-las como parte normal da vida. Vejo que está com um Cavalo Divino. É um dos de Cang? GuangZe talvez?

— É GuangZe.

— Um belo cavalo. Creio que precise de ferraduras para ele.

— O senhor é quem sabe. Estou indo para Tunhuang.

— Claro que está. Por que mais se incomodaria em parar aqui? Já escolheu uma rota?

— Tenho um mapa.

— Bem, vamos dar uma olhada. O que colocaremos nos cascos do cavalo, se é que colocaremos alguma coisa, será ditado pelas superfícies que irá percorrer. Daqui, parece que não há nada além de areia até a eternidade, mas, após viajar algumas horas para Oeste, vai começar a ver formações rochosas. Espero que seu mapa seja bom. Como bom quero dizer recente.

— Por quê?

— Houve uma porção de avalanches de pedra por aqui recentemente. Algumas das passagens agora estão bloqueadas. Meu aprendiz aqui é quem mais sabe a respeito. Ele recebe atualizações dos viajantes que param por aqui. Mostre a ele o que tem.

Long caminhou até GuangZe, impressionado pelo cavalo ter permanecido mais ou menos calmo o tempo todo. Retirou o mapa da bolsa e o entregou ao aprendiz.

— Escolha interessante — disse o aprendiz. — Esta rota quase nunca é utilizada, mas, até onde sei, continua aberta. Não deverá ter problemas.

— E quanto às ferraduras? — perguntou Long.

DingXiang olhou novamente para o mapa.

— Recomendo botas de casco removíveis em vez de ferraduras de metal. Sua rota é quase toda de areia. A areia pode devastar uma ferradura recém-colocada caso se aloje entre elas. Botas de casco protegerão seu cavalo nas pedras, mas você pode removê-las quando passar pela areia.

— Nunca ouvi falar em botas de casco.

— As pessoas as utilizavam milhares de anos antes das ferraduras — disse Cang. — Ainda são bastante utilizadas por aqui. São feitas de couro e tecido, e amarradas com laços. Simples, porém eficientes. São feitas sob medida para cada casco, mas posso preparar um conjunto para você amanhã cedo. Aproveite uma noite de descanso na minha pousada, por conta da casa. E se não se importa que eu diga, seria bom se você tivesse calça de montaria. Parecemos ser do mesmo tamanho. Arrumarei uma para você.

Long se curvou.

— O senhor é muito gentil. Obrigado. Ainda acho que devo recompensá-lo de alguma forma.

O aprendiz sorriu e apontou com a cabeça para a espada curva do estrangeiro, caída no chão.

— Se realmente sente tanta necessidade de nos recompensar, ou ao menos *me* recompensar, poderia me deixar ficar com essa espada. Não parece ter sido feita na China, e gostaria de examinar sua construção.

— Com prazer — disse Long. Aproximou-se e pegou a espada, desenrolando a corda e o contrapeso do

cabo. — Sinto muito pela sua porta — acrescentou ele.
— Permita que eu a conserte.

— Não fará nada além de descansar enquanto estiver aqui — disse DingXiang. — Assunto encerrado.

Long assentiu em agradecimento e examinou a espada, passando o dedo em um entalhe grande e fresco na lâmina. Voltou-se para o aprendiz:

— O contrapeso de ferro parece ter danificado a espada neste ponto.

— Melhor assim — disse o aprendiz. — O entalhe, desse modo, deve revelar as camadas interiores do metal. Estou ansioso para examiná-la, mas antes preciso levar esse cavalo para se exercitar. — Ele pegou a espada de Long e fez a própria reverência em agradecimento. Em seguida, soltou e montou o cavalo mongol remanescente no estábulo e partiu com um grande aceno e um sorriso maior ainda.

— É melhor começar o trabalho — disse DingXiang. — Caso adiante, o caudilho Xie parou aqui há algumas semanas e disse que deveria esperá-lo. Não quis dizer nada na frente do meu aprendiz porque não é assunto dele. Quero que saiba que tenho grande respeito pelo que está fazendo. Agora entre e descanse o máximo que puder. Vai precisar.

Capítulo 15

Long acordou na manhã seguinte se sentindo descansado. Tomou um rápido café da manhã, vestiu pesadas calças de montaria e seguiu DingXiang até o exterior para receber instruções sobre como e quando utilizar as botas de casco de GuangZe, que foi muito receptivo, e em meia hora a aula acabou. Long guardou as botas no alforje, despediu-se de DingXiang e cavalgou para as aparentemente intermináveis e semicongeladas areias do Gobi.

As patas de GuangZe enterravam profundamente nas areias. O pobre animal teve que trabalhar muito mais duro do que o normal a cada passo que dava. Long estava feliz em ver que a areia não intimidava o cavalo, mas o deixava cansado, e ele mudou a marcha consideravelmente. Com a areia inconstante e as novas calças, Long teve a sensação de que estava aprendendo novamente a montar.

Após metade de um dia, Long estava finalmente se acostumando aos novos movimentos da cavalgada quando o terreno começou a mudar. O solo sob GuangZe se tornou firme, e diversos trechos de pedra se ergueram diante deles fora da areia. Long parou para vestir as botas de casco em GuangZe, beber um pouco de água e verificar o mapa.

O mapa incluía rascunhos de grandes formações rochosas para servirem de ponto de referência, e Long se sentiu com sorte que mesmo depois das recentes avalanches conseguia descobrir onde estava. Até esse ponto, vinha tentando cavalgar a Oeste, utilizando-se do sol como único ponto de referência. Julgando pelo mapa, havia se desviado bastante para o Norte. O que não foi nenhum problema, porque o Norte era a direção que deveria seguir pelas pedras.

Ele viu a passagem a menos de meia *li* de distância e sorriu. Apesar de a areia profunda estar reduzindo o avanço deles, ainda estavam obtendo um tempo excelente. Pelos cálculos, chegariam a Tunhuang em três dias ou menos. Tinha comida e água mais do que suficiente para chegar até lá, e o casaco de pelo que NgGung havia lhe dado estava sendo ótimo para combater o frio.

Chegou à passagem e ficou aliviado ao descobrir que estava aberta, como o aprendiz de DingXiang tinha dito. Estranhamente, quando chegaram entre as enormes rochas, o *dan tien* de Long começou a aquecer. Parou o cavalo e olhou em volta, mas não viu nada.

Então, ele olhou para cima.

Um homem grande, vestido de preto da cabeça aos pés, jogou uma rede sobre Long. A rede tinha pedras nas pontas e o envolveu com grande força. Era difícil para Long levantar os braços, e quase impossível erguer a cabeça para enxergar direito.

GuangZe se mexeu nervoso, mas se controlou. Long ouviu cascos de cavalos batendo no chão de pedra, vindos de uma curva à frente, e lutou para se libertar. De nada adiantou. Quanto mais se debatia, mais enrolado ficava na rede. Percebeu que a cabeça e as pernas de GuangZe estavam desobstruídas, então apertou as pernas para fazer o cavalo se movimentar e recuou para a areia.

Long lutou contra a gravidade, os movimentos e a própria areia para se manter equilibrado sobre GuangZe enquanto sua mente acelerava em busca de uma solução. Então, lembrou-se da faca que NgGung havia lhe dado.

Long conseguiu tirar a luva da mão direita e pegou atrás, na faixa, com dois dedos, a pequena faca, puxando-a da capa. Era incrivelmente afiada, e ele trabalhou depressa. Cortou rede suficiente para liberar os braços e a cabeça, em seguida guardou a faca, segurou as rédeas e pressionou as pernas uma segunda vez.

GuangZe começou a galopar para longe da passagem, e quem quer que fosse naqueles cavalos ainda não tinha conseguido sair das pedras. Long achou que estava indo bem até ouvir um berro estranho e arrastado, e uma flecha passar ao lado de sua orelha. Olhou por cima do ombro para ver dois arqueiros com turbantes pretos fora da passagem, aproximando-se dele pelo lado esquerdo. Um terceiro homem atravessou a passagem e veio até ele pela direita, só que esse homem estava sentado sobre um *luotuo* com duas corcovas. Um *camelo*!

Uma segunda flecha passou sobre a cabeça de Long. Os arqueiros estavam em cavalos da Mongólia de pernas curtas e socados, que Long sabia serem relativamente lentos em solo normal, mas pareciam ser mais bem-adaptados a correr pela areia do que GuangZe. GuangZe estava com as botas de casco, que haviam se enchido de areia e dificultava seu progresso em linha reta. Os dois cavaleiros estavam com vantagem sobre ele.

Quanto ao camelo, era ainda mais rápido. Suas enormes patas espalhavam seu peso sobre uma superfície maior do que os cascos dos cavalos, e vinha sem esforço nenhum atrás dele, reclamando sonoramente enquanto a pessoa que o montava balançava desgovernadamente para a frente e para trás, como Malao no alto do mastro do barco de Charles. O homem do camelo foi quem derrubou a rede, e tinha um grande mosquete pendurado nas costas. Felizmente, estava se mexendo tanto que não conseguiria pegá-lo, quanto mais atirar com precisão.

Uma terceira flecha passou pelo ombro esquerdo de Long, e um dos arqueiros gritou:

— Pare! Estes são apenas tiros de aviso. Entregue seu cavalo e deixaremos que viva. Tente fugir e o caçaremos!

Long não pretendia parar, por ninguém. Olhou para trás sobre o ombro direito e ficou chocado ao ver o camelo quase em cima dele. O que era mais surpreendente: o homem, agora, estava precariamente em pé entre as enormes corcovas do animal. O idiota ia pular! Long arregalou os olhos e afastou GuangZe do camelo, mas era tarde demais. O homem saltou, atingindo as costas de Long com o ombro.

Long caiu do cavalo na areia gelada; o homem aterrissou ao lado dele, e as águas de Long escorregaram do cavalo para o outro lado. A areia era funda e amorteceu a queda de Long. Ele ouviu o camelo gritar e viu a fera tropeçando. A força do pulo do homem deve tê-lo feito cair.

Long olhou e viu que GuangZe havia parado. O homem gritou ao lado dele, e Long virou para vê-lo levantar-se cambaleando enquanto alcançava o mosquete nas costas.

— Acho que não — sibilou Long. Levantou de um salto e girou na direção do homem, lançando o punho para a frente e acertando o queixo do sujeito. Ele caiu de costas e Long saltou em cima dele, mas o homem ainda estava suficientemente alerta para se virar, de modo que Long acabou aterrissando nas costas dele. Long arrancou o mosquete do agressor e se levantou, recuando.

— Olhe para mim — ordenou Long, e ouviu um assobio agudo.

Long arriscou um olhar na direção do som e viu que um dos arqueiros montados havia parado a mais ou menos 30 passos dele com o arco pronto e uma flecha posicionada. A flecha estava mirada diretamente em Long, que olhou para GuangZe e viu o segundo arqueiro montado pegar o cavalo pelas rédeas e começar a conduzi-lo na direção do primeiro arqueiro. GuangZe foi sem protestar, e o coração de Long afundou.

Enquanto a adrenalina da batalha começava a diminuir, Long percebeu outra coisa: havia um berro carregado de dor no ar frio da tarde. Olhou para o camelo e viu que ele estava tentando se levantar, mas não parava de cair, pois uma de suas patas dianteiras não funcionava mais. A perna ficava pendurada flácida do ombro, claramente quebrada.

Long abaixou o mosquete. Não sabia de quem sentia mais pena, do camelo ou dele mesmo.

O homem que montava o camelo deu um passo para ele, e Long levantou o mosquete mais uma vez.

— Mantenha distância — disse ele.

— Se me matar — respondeu o homem —, meus amigos o matarão.

Long se lembrou do impasse da noite anterior. Olhou para o homem que segurava as rédeas de GuangZe e viu uma espada curva sem bainha pendurada na lateral do sujeito. Long claramente enxergou um entalhe na lâmina.

Long franziu o rosto para ele.

— Você tentou roubar meu cavalo ontem à noite! Deve estar trabalhando com o aprendiz de Ding-Xiang. Foi por isso que pôde montar essa emboscada para mim nessa passagem em particular.

O arqueiro com a espada entalhada riu e amarrou as rédeas de GuangZe à sela do próprio cavalo.

— Deveria ter me vendido seu cavalo ontem à noite — disse ele. — Considere-se sortudo por ter vivido até agora. Nós o teríamos matado ontem à noite, se DingXiang não tivesse chegado. Aquele aprendiz venderia a própria mãe por alguns taéis de prata.

Long ouviu um barulho atrás de si e virou a cabeça. O homem que guiava o camelo estava começando a circular.

— Não tem qualquer intenção de me deixar viver, tem? — perguntou Long.

— Não mais — respondeu o sujeito. — Não com você conhecendo a verdade sobre o aprendiz de Ding-Xiang. Aquele jovem é valioso demais para nós.

Long balançou a cabeça.

— Foi o que pensei. Sinto muito. — Ele virou o mosquete para o arqueiro com o arco e atirou.

O cano entrou em erupção com um incrível *BUM!*, a bola de mosquete voou. Passou limpa pelo peito do primeiro arqueiro. O homem caiu da sela, mas não antes de soltar a flecha. Long ouviu um rápido zumbido passar por ele e um *estalo* aflitivo.

Long se virou para ver a flecha cravada na orelha direita do homem que conduzia o camelo. Ele caiu, morto.

GuangZe relinchou e roncou sonoramente, e Long ouviu o segundo arqueiro praguejar. Long se lembrou que Cang dissera que GuangZe tinha medo de barulhos altos.

Long viu GuangZe empinar. Ele pisoteou no ar com os cascos dianteiros e sacudiu a cabeça de um lado para outro, tentando livrar as rédeas da sela do segundo arqueiro. A sela sacudiu descontroladamente, e o homem foi jogado ao chão.

GuangZe decidiu correr. O cavalo do segundo arqueiro não teve escolha senão ir junto. Ambos os cavalos desapareceram na passagem, presos um ao outro.

Enquanto Long os observava ir, ouviu um segundo *estalo* e sentiu uma dor quente no lado. Olhou para a ponta direita do abdômen, espantado em ver uma flecha de madeira ensanguentada cravada na frente do casaco. Olhou por cima do ombro direito e viu a ponta da flecha balançando com a brisa atrás dele.

Long não sabia ao certo o que fazer. O ferimento da flecha doía muito mais do que qualquer um de seus antigos machucados, mas não aparentava estar sangrando muito.

O segundo arqueiro alcançou sua aljava, e Long recobrou os sentidos. Não pretendia deixar aquele homem flechá-lo novamente. Tateou a faixa e agarrou a faca, ignorando as violentas pontadas de dor que o atingiam no tronco. Enquanto o arqueiro preparava outra flecha, Long puxou a mão direita para trás e lançou-a para a frente, jogando a faca e enterrando-a na garganta do homem.

O segundo arqueiro caiu, morto como o primeiro, e o condutor do camelo.

Long estava determinado a não ter a vida encerrada ali no deserto. Precisava avançar, mas também necessitava fazer alguma coisa em relação ao novo ferimento. Sabia que não deveria puxar a flecha e abrir o ferimento. A flecha servia como tampão. Contudo, se ia viajar, precisava cuidar do longo eixo atravessando seu corpo.

Enquanto ainda tinha força, Long agarrou a flecha com as duas mãos e arrancou a cabeça da frente. Em seguida, respirou fundo, agarrou a traseira e arrancou- a, também.

Flashes de luz forte explodiram por trás dos olhos de Long. Ele cambaleou e caiu na areia. Forçou-se a olhar para o lado esquerdo para tentar levantar a metade direita do casaco e da túnica para observar melhor o dano causado ao seu corpo.

Long conseguiu levantar o casaco e a túnica até a cintura, antes de desmaiar de dor.

Capítulo 16

Long acordou muitas horas depois e se viu ainda deitado sobre o lado esquerdo na areia, com a mão direita agarrando o casaco e a túnica. Grunhiu e se sentou ao sol vespertino.

Olhou para o casaco e, apesar de estar ensanguentado, imaginara que estaria pior. A dor no lado também havia reduzido significativamente. Levantou o casaco e a túnica e viu a flecha quebrada no lado direito do abdômen. Apalpou as costas e descobriu que a flecha havia passado à direita do rim direito, logo abaixo das costelas.

Teve sorte. A flecha não havia acertado os órgãos vitais. Nem sequer tinha quebrado uma costela. Era um ferimento doloroso, sem dúvida, e havia sangrado bastante, mas ele não morreria por causa do machucado. Poderia, no entanto, morrer pela exposição. Era tarde demais para tentar seguir viagem hoje, e precisava encontrar abrigo.

Long olhou em volta e ficou feliz ao ver o cavalo do primeiro arqueiro. Havia andado até as pedras e as estava utilizando como proteção contra o vento frio. Melhor de tudo: não parecia ter qualquer intenção de fugir, como os outros dois.

Long se levantou e cambaleou em direção ao cavalo atarracado da Mongólia. Lembrou-se do agressor dizendo na noite anterior que seus cavalos conheciam o caminho para Tunhuang com os olhos vendados. Long torceu para que fosse verdade. Apesar de, certamente, voltar até o posto de DingXiang seria uma viagem mais curta, estava determinado a cumprir o objetivo de encontrar Xie.

Long alcançou o cavalo e viu que era bem calmo. Levou-o a um afloramento de pedra que oferecia mais proteção e o segurou. Estava prestes a procurar pelos recipientes de água quando ouviu um resmungo baixo. Não soava como nada que já tivesse ouvido antes, e se lembrou do camelo. Ainda estava vivo.

Long franziu o rosto, detestando o que teria que fazer em seguida. Verificou o alforje do ladrão e encontrou a pistola que fora apontada para ele na noite anterior. Estava carregada com um único tiro, e o utilizou para pôr fim à dor do pobre camelo. Em seguida, foi até onde tinha visto os recipientes de água pela última vez, e seu coração afundou. Os recipientes haviam sido derrubados e os conteúdos, esvaziados.

Desviando os olhos dos três ladrões mortos, Long suspirou e olhou para o céu. Escureceria mais cedo do que havia imaginado. Impotente, voltou para as pedras e se encolheu ao lado do cavalo, querendo dormir. Contudo, com a escuridão chegou um frio diferente de qualquer outro que ele já havia experimentado.

As pedras pouco adiantavam para bloquear os ventos gélidos, e quando a lua se levantou, Long tremia incontrolavelmente. Sabia que, se não fizesse alguma coisa, congelaria até a morte. Precisava de abrigo melhor, mas a única coisa que conseguia pensar em usar era o camelo.

Long se levantou e esticou os músculos comprimidos o melhor que podia com o lado machucado antes de ir até a carcaça. O camelo só estava morto a poucas horas, mas já estava rijo e frio como a pedra em que Long se deitara. Já tinha ouvido histórias sobre pessoas desesperadas que haviam eviscerado um animal e dormido na cavidade do corpo para se proteger de tempestades de areia ou de ventos intoleráveis de inverno, mas não conseguiria fazer isso.

Isso deixava Long com uma única opção — arrancar a pele da fera. Ou, pelo menos, parte dela. Duvidava que fosse precisar de tudo.

Long alcançou a faca na capa, então se lembrou que ela não estava mais lá. Engoliu em seco e foi até o segundo arqueiro caído. Retirou a faca da garganta do homem, lutando para não pensar no que havia feito, e voltou para o camelo. Jamais havia arrancado a pele de um animal antes. E o couro era mais duro do que ele imaginava. Trabalhar ao luar tornava a tarefa ainda mais tediosa. Levou quase uma hora para remover uma área das costas e da lateral do camelo, grandes o suficiente para se enrolar. Um benefício de toda essa atividade foi que havia se aquecido o suficiente para pelo menos parar de tremer. Por outro lado, o machucado havia começado a pingar sangue novamente, esgotando sua força.

Com uma parte do couro cortada, Long procedeu para raspar o máximo de tecido de gordura que conseguisse da pele com a faca. Em seguida, carregou o largo cobertor de pelo de camelo até o prévio local de descanso, ao lado do cavalo, espalhou o couro pelo avesso sobre a pedra e caiu sobre ele.

O pelo do camelo estava sujo, mas surpreendentemente macio e espesso. Virou-se lentamente para uma ponta, segurou um canto e rolou dentro do couro, com grande cuidado para não machucar a ferida. Mais aquecido e mais seguro do que imaginaria possível, fechou os olhos e dormiu.

O sol estava alto no dia seguinte quando Long emergiu do embrulho de pelo de camelo. Verificou a flecha na lateral e descobriu que a área estava incrivelmente dolorida, porém cicatrizando. Estava com sede e começou a pensar seriamente em voltar para o posto. Afinal de contas, tentar atravessar parte do deserto em dois ou três dias sem água poderia facilmente significar a morte. Também era preciso considerar as necessidades de água do cavalo.

Pensou na Suprema Regra do Três. Uma pessoa pode sobreviver três semanas sem comida, três dias sem água e três minutos sem ar. A pergunta era: até onde queria testar a sorte?

Long se lembrou de ter tirado a pistola de uma bolsa no dia anterior, mas não havia se incomodado em prestar atenção ao que mais poderia haver dentro dela. Abriu-a, e para sua surpresa encontrou dois recipientes de água embaixo de uma bolsa com balas de pistola, o berrante do homem e um rolo de corda. Descartou as balas e o berrante e levou um dos recipientes de água aos lábios.

Bebeu tudo e descobriu que continuava com sede. Tomou metade do segundo e deu o resto ao cavalo, fazendo conchinha com a mão.

Esses pequenos esforços exauriram Long. Estava definitivamente enfraquecido por causa do ferimento. Contudo, sentia-se melhor a respeito das chances de sucesso, considerando que tinha achado a água, e decidiu continuar avançando em direção a Tunhuang. Usou a corda na bolsa para prender o cobertor de camelo na traseira da sela, montou no cavalo e o conduziu pela passagem. Ou, mais precisamente, o cavalo o conduziu. O animal, claramente, conhecia o caminho.

Long se ajeitou na sela, inclinando-se para trás, contra o couro de camelo. Logo caiu dormindo. Quando acordou, era muito tarde. Estava escuro e a lua brilhava. Encontrava-se tão fraco agora que se preocupava com a possibilidade de cair do cavalo e nunca mais ser encontrado.

Usando um pedaço que sobrara da corda, Long se amarrou à sela com o cobertor de camelo nos ombros para ficar mais aquecido. Ainda estava de casaco, chapéu e luvas pesadas, mas concluiu que o cobertor lhe ofereceria mais que o dobro de chances de sobrevivência nas temperaturas geladas da noite.

Perdeu e recuperou a consciência pelo que imaginou serem dois dias, apesar de não poder ter certeza. Ficou tão tonto com a perda de sangue e, depois, desidratação que algumas vezes não sabia nem se era dia ou noite. Contudo, nesse tempo todo, o cavalo manteve um ritmo firme, nunca parando.

No que Long pensou provavelmente ser a terceira manhã desde que havia se amarrado à sela, imaginou ter ouvido vozes e cascos correndo pela areia. Sem muita esperança de que fosse alguma coisa além de uma alucinação, levantou a cabeça, exausto.

Long viu dois jovens de aparência severa se aproximarem dele sobre Cavalos Divinos. Usavam turbantes pretos, o que o fez acreditar que eram ladrões. Abriu a boca para falar e oferecer ao menos uma briga verbal, mas até suas cordas vocais falharam.

Os homens começaram a falar um com o outro em uma língua que ele não entendia. Mesmo assim, estava claro que decidiam o que fazer com ele. Um dos homens se esticou e tirou as luvas de Long. Iam roubar as roupas dele!

O ladrão começou a conversar animadamente com o outro, e Long percebeu que os dois estavam olhando para sua mão esquerda. Mais especificamente para o anel de escorpião que Xie havia lhe dado. Certamente, também iriam roubá-lo.

Long ficou chocado quando falaram com ele em perfeito mandarim.

— Que bom que o encontramos, jovem dragão!

Espantado, Long concentrou toda a sua energia e conseguiu dizer uma única palavra.

— Como?

— Um Cavalo Divino chegou em Tunhuang há dois dias. Estava amarrado a um velho cavalo da Mongólia que deve tê-lo levado até lá. Ambos estavam sem cavaleiros, e o Cavalo Divino vestia botas de casco cheias de areia. Claramente, alguma coisa estava errada. Quando a história chegou ao Caudilho Xie, ele pensou em você e mandou 200 duplas de homens para o deserto para descobrirem o que havia acontecido. Ninguém esperava encontrá-lo vivo, mas aqui está! Parece estar precisando de um lago de água fresca e de muitas noites perto de um fogo quente.

Long fez o melhor para assentir, e o homem sorriu calorosamente.

— Chegaremos com você a Tunhuang antes que perceba.

Capítulo 17

Ying deu a volta na antiga fortaleza dos bandoleiros pela centésima vez, tão ansioso para encontrar um bandoleiro quanto para emboscar um dos soltados de elite de Tonglong. Tinha informações importantes para dar a um dos grupos, e informações igualmente importantes para arrancar do outro. Não se importava que encontro aconteceria primeiro. No final, iria conseguir o que queria: a cabeça de Tonglong.

Ying olhou para a espada do Grão-mestre, pendurada em sua faixa. Brilhava ao luar. O fulgor provavelmente o denunciaria a um olho atento, então estava reduzindo suas patrulhas à noite. E mesmo assim fazia o possível para se manter escondido nas sombras.

Tinha chegado a quase uma semana, depois que ShaoShu lhe contara sobre as intenções de Tonglong a curto prazo. Precisava alertar os bandoleiros, mas não fazia ideia de como encontrá-los. Decidiu que se fosse Mong, enviaria bandoleiros espiões para patrulhar o contorno exterior da fortaleza em busca de informações sobre os planos de Tonglong. Encontrando um espião, encontraria Mong.

Quanto aos soldados de elite de Tonglong, bastava encontrar um, e com um pouco de persuasão poderia conseguir encontrar o líder também. Tinha visto muitos soldados, mas nenhum usando os uniformes vermelhos sobre os quais ShaoShu havia lhe contado. Eram todos homens do Comandante Woo, em patrulhas de rotina, e não teria acesso ao tipo de informação que Ying desejava. Por mais tentado que estivesse a interrogar alguns deles, havia deixado todos passar. Quando chegasse a hora de algum dos homens de Tonglong — senão o próprio —, Ying estaria pronto.

A espada de seu avô também estaria pronta. Havia passado horas reformando-a à sua antiga glória mortal. Tinha retirado quase todos os traços de ferrugem da lâmina com a ajuda de pedras abrasivas e areia fluvial. Sempre foi bom com metais, por ter passado anos ajudando a pequena oficina metalúrgica do Templo Cangzhen. Tinha até feito seu próprio chicote de corrente extralongo. Reconhecia bom metal quando o via, e esse era o melhor que já havia segurado. Com polimento adicional e amolação adequada, poderia rejuvenescer a ponta lendária da espada. Mesmo agora, realizaria o trabalho.

Ying continuou sua caçada na fortaleza à sombra da lua. Moveu-se com rapidez e propósito. Antes que percebesse, o sol havia começado a subir, e ele se encontrava no lado oposto do enorme perímetro do lago da fortaleza, onde normalmente se escondia durante o dia.

Olhou à volta, à procura de um esconderijo, e viu uma extensão de folhas de junco seguindo a costa por uma boa distância. O solo estaria macio e úmido lá, mas as folhas de junco serviriam como uma boa proteção.

Não muito tempo depois de entrar no junco, Ying sentiu seu *dan tien* começar a tremer e ouviu o que soava como um cachorro rosnando. Nunca soubera de soldados usando cachorros, mas talvez os bandoleiros usassem. Cachorros constituiriam uma primeira linha de defesa poderosa. Parou e estava preparando a espada do Grão-mestre para um ataque canino quando um homem de aparência estranha deslizou pelo junco e o encarou. Tinha enormes olhos castanhos, nariz grande e orelhas enormes.

O homem examinou Ying e em seguida farejou o ar. *Sniff. Sniff.*

— O que *você* está fazendo aqui? — perguntou.

— Procurando amigos — respondeu Ying.

O homem de aparência estranha riu.

— *Você?* Amigos? Ha-ha-ha!

Ying respirou fundo e lembrou a si mesmo de que não estava ali para se tornar inimigo dos bandoleiros, pois aquele era de fato um dos homens de Mong. Seu nome era Gao, ou Cachorro. Ying já o vira na fortaleza dos bandoleiros quando estes ainda a controlavam.

— Sugiro que você... — começou Gao, mas foi interrompido por um tremendo urro vindo de uma alta fileira de cedros que cercavam o junco.

Ying olhou para cima para ver um macaco branco caolho olhando para ele. Estava exibindo suas enormes presas.

Este circo vai chamar a atenção, pensou Ying. Olhou para Gao e viu que ele não estava preocupado com o macaco. Gao farejou o ar novamente.

O macaco branco berrou uma segunda vez, e Ying viu Gao ficar tenso. Ying lutou contra o impulso de olhar para o macaco, mantendo os olhos fixos em Gao. Se um ataque do macaco dentuço seria ruim, um ataque de Gao seria pior. Uma voz suave pairou até Ying de um dos cedros acima.

— Malao! Consegue fazer esse macaco ficar quieto? A última coisa que precisamos é de soldados nos descobrindo por causa do barulho dele.

— Posso tentar — respondeu uma voz pequena. — Mas acho que não precisamos nos preocupar. Acabei de ouvir Gao farejando. Ele está no junco.

Ying reconheceu as vozes e relaxou. Viu Gao relaxar também. Certamente, eram Hok e Malao.

— Pensei ter sentido o cheiro dos seus pés, Malao — disse Gao na direção das vozes. — Aqui. Tem alguém que deveria ver.

O alto das árvores começou a se mover além do macaco branco, e Ying viu duas figuras descerem. Uma se pendurou em uma vinha enquanto a outra pareceu flutuar para o chão.

Um instante depois, Malao surgiu entre o junco e congelou, encontrando os olhos de Ying.

O macaco branco soltou um uivo de cima e saltou no ombro de Malao. O macaco era enorme, pesando quase tanto quanto Malao, que incorporou o peso do macaco. Não demonstrou qualquer esforço enquanto o macaco expunha as garras impressionantes a Ying, claramente irritado.

Ying acenou com a cabeça para Malao, que não reconheceu o cumprimento. Ying achou que Malao pudesse expor os dentes também, mas então Hok entrou no junco.

— Ying! — disse Hok, soando genuinamente feliz em vê-lo. — O que está fazendo aqui?

— Tenho notícias recentes de ShaoShu — respondeu Ying. Ele olhou para Gao e, em seguida, novamente para Hok. — Envolve os bandoleiros.

Hok arregalou os olhos.

— Você viu ShaoShu? Como ele está?

— Estava bem quando o vi no Templo Cangzhen. Está com Tonglong.

— Tonglong chegou há fortaleza a diversos dias — disse Gao. — Que notícias que você tem que nos envolve?

— Tonglong sabe sobre as tropas que estão treinando — disse Ying. — Está planejando atacar, provavelmente a qualquer momento. Tem uma força de elite de 99 homens montados, além dos soldados na fortaleza. Seria um grupo consideravelmente grande. Planeja destruí-los e, quando o resto das tropas chegar, agora dezenas de milhares, irá marchar até a Cidade Proibida num esforço para conquistar o trono.

Gao assentiu.

— Sabíamos que o plano deles envolvia a Cidade Proibida, mas que ele sabe sobre nossa tropa é novidade para nós. Precisamos agir.

— Precisam recuar — disse Ying. — A não ser que tenham pistolas, mosquetes e canhões.

— Temos muito pouco no reino das armas de fogo — disse Hok. — A não ser que Charles consiga...

Gao levantou a mão.

— Ying não precisa saber sobre nossos recursos secretos.

— Charles não é segredo para Ying — disse Hok. — Ele e Charles são amigos, assim como Ying é meu amigo. Podemos confiar nele. — Ela olhou para Ying. — Como ia dizendo, estamos torcendo para que Charles consiga encontrar algumas armas de fogo para nós. Enquanto isso, treinamos basicamente com lanças.

Ying salivou.

— Suponho que cada pouco ajude. Onde é o seu acampamento? Devemos avisar aos outros imediatamente.

— Whoa — disse Gao, levantando as mãos. — Não tenho certeza de que você possa ver o local.

Hok encarou Gao.

— Acabei de dizer que Ying é confiável. Seria capaz de apostar minha própria vida.

— Pode ser que precise — disse Gao. — Mesmo que ele prove ser confiável, há muitos no acampamento que adorariam rasgá-lo de um membro a outro depois que ele ajudou a tomar nossa fortaleza.

— Sinto verdadeiramente pelas minhas ações — disse Ying. — E não o culpo por me odiar. Contudo, sei que já lutou contra o Imperador, e agora parece que é seu aliado contra Tonglong. Talvez possa me reconsiderar, assim como o reconsiderou.

Gao coçou uma das orelhas grandes.

— Tem um bom argumento. Mas por que quer vir ao nosso acampamento? Poderíamos facilmente ter descoberto essa informação sem você.

Ying apontou com a cabeça para a espada do avô.

— Preciso de um amolador. Se puder me oferecer um agora, já vou indo.

— Essa não é a espada do Grão-mestre? — perguntou Gao.

— É.

— Promete jamais usá-la contra mim ou qualquer um dos nossos homens e mulheres no acampamento?

— Prometo — disse Ying. — A única carne que essa lâmina cortará será a de Tonglong.

Gao assentiu.

— Como Hok diz que você é confiável, pode nos seguir até o acampamento. Contudo, sugiro que se mantenha fora do alcance visual. Não há como prever como as pessoas reagirão a você. Fique ao fundo, nas árvores, e lhe darei nossa melhor pedra de afiação. — E apontou com a cabeça para a espada do Grão-mestre. — Essa lâmina parece merecer.

Capítulo 18

Ying seguiu bem atrás de Gao e Malao, com Hok ao lado e o macaco branco no alto. Ying e Hok conversaram baixo enquanto caminhavam. Hok lhe contou sobre suas aventuras desde que se separaram no Sul, e Ying lhe passou um relato detalhado do encontro com ShaoShu. Quando a conversa chegou ao momento atual, já era fim de tarde.

— Fu e Seh estarão no acampamento? — perguntou Ying.

— Os dois devem estar lá — respondeu Hok. — Seh nunca sai e Fu e o pai devem ter voltado ontem à noite, junto com minha mãe. Estavam patrulhando conosco, mas o turno deles acabou.

— Os substitutos estão patrulhando o outro lado da fortaleza?

Hok deu de ombros.

— Os substitutos não apareceram. Às vezes acontece, principalmente com novos recrutados. Se perdem, ou se assustam ao verem os soldados, e fogem.

Ying franziu o rosto.

— Será que Long vai se perder no caminho para Tunhuang?

— Long chegará. Dentre todas as pessoas, você é quem mais deveria saber disso.

— O que quer dizer?

— Sabe como ele pode ser tenaz. É muito parecido com você.

— Concordo.

Hok balançou a cabeça.

— Não, ele é realmente muito parecido com você, mais do que você imagina. Aliás, ele me pediu para compartilhar algo com você.

— O que seria?

— Não sei como contar.

— Apenas conte — disse Ying.

Hok contraiu os lábios.

— Long é seu primo. Seu pai e o dele eram irmãos.

— E?

— "E?" — repetiu Hok. — Você sabia?

— Não, mas não me surpreende. Long é um dragão, como era o Grão-mestre. Eu também sou. E eu e

Long também nos parecemos. Nunca disse isso a ninguém, mas parte do motivo pelo qual mudei minha aparência foi para parecer menos com Long.

— Sério?

Ying assentiu.

— Então o Grão-mestre era avô de Long, assim como meu?

— Foi o que o Grão-mestre contou a ele.

— Long sabe como foi parar no Templo Cangzhen? Lembro que ele já estava lá quando cheguei, mas era muito pequeno.

— Dói dizer isto — disse Hok —, mas, aparentemente, seu pai matou os pais de Long.

Ying esfregou a testa vincada.

— Acho que acredito. Antes de reencontrar minha mãe, eu não teria acreditado, mas ela me contou histórias sobre o quão horrível meu pai foi. Gostaria que o Grão-mestre tivesse compartilhado algumas.

— Se o tivesse feito, você teria acreditado?

— Provavelmente não. Contudo, teria acreditado que ele era meu avô. Por mais que não gostasse dele, sempre senti um laço entre nós dois. Se soubesse que éramos parentes, talvez não o tivesse matado, e não estaríamos nessa situação agora.

Ying sentiu o *dan tien* começar a tremer e esfregou a barriga.

— Acha que há encrenca à frente? — perguntou Hok.

Ying assentiu. Hok se apressou, e Ying foi atrás. Alcançaram Gao e Malao, e Gao levantou o nariz para a brisa, farejando ruidosamente. Seu rosto girou, e seus olhos castanhos se encheram de fúria.

— Pólvora! Alguém está carregando armas de fogo.

Tiros soaram, e o macaco branco gritou acima deles. Malao também gritou:

— O acampamento está sendo atacado! Fu! Seh! Temos que ajudá-los! — Correu então para o alto das árvores peladas e desapareceu, o macaco branco liderando o caminho.

Gao e Hok começaram a correr.

Ying fez o melhor que podia para acompanhá-los, mas não adiantou nada. Gao desviou entre as árvores e saltou obstáculos com a agilidade de um lobo, enquanto Hok sempre possuíra uma habilidade incomum para deslizar pela floresta mais depressa e silenciosamente do que qualquer pessoa que Ying já houvesse conhecido. Malao já tinha sumido há muito tempo, saltando de árvore em árvore como um macaco furioso.

Mas Ying conseguiu seguir com facilidade os rastros de Gao, e não diminuiu o ritmo até ouvir gritos e ver nuvens de fumaça negra. O acampamento estava queimando.

Ying chegou a uma pequena clareira e parou. O que viu diante de si foi um caos total. Não só por causa da quantidade de armas de fogo, mas pelos cavalos. Cerca de 100 soldados sobre montarias de guerra, disparando pistolas e mosquetes contra os bandoleiros e seus recrutas, que estavam debandando, brandindo apenas lanças e espadas.

Os soldados eram bem-treinados, disparando as armas de tiro único em ondas coordenadas de modo que um grupo estivesse sempre atirando enquanto os outros recarregavam. Alguns dos recrutas conseguiam se entender com as armas compridas, mas muitos outros estavam perdendo para as balas ou ficando presos sob os cascos dos cavalos. Era um massacre progressivo.

Ying afundou novamente na pouca sombra oferecida pelas árvores desfolhadas e observou um soldado incendiando de forma metódica as poucas tendas de bandoleiros que ainda não estavam em chamas. Os bandoleiros eram claramente menos treinados.

Ying começou a circular a clareira, procurando uma forma de ajudar, e encontrou alguns bandoleiros causando um bom estrago. Ying reconheceu alguns desses indivíduos que estavam junto com seus antigos irmãos de templo. Estavam bem-organizados e lutavam em pares, um bandoleiro adulto e um jovem. Não pôde deixar de admirar a maneira como trabalhavam juntos.

Mong, o líder dos bandoleiros, lutava de costas para o filho, Seh, que girava uma lança com precisão mortal, enquanto Mong lutava com as mãos, puxando soldados dos cavalos. Hok estava com uma bela mulher que Ying presumiu ser sua mãe, Bing, ou Gelo. Tanto Hok quanto Bing lutavam de mãos vazias, os punhos de bico de garça velozes cuidando dos soldados derrubados por Mong e Seh.

Fu também estava lá, lutando com as costas nas costas de um bandoleiro grandão, conhecido como Sanfu. Fu segurava duas espadas de tigre, arrancando soldados das montarias, enquanto Sanfu seguia com golpes poderosos de uma *dao* gigantesca. Malao e o macaco branco atacavam das árvores, o macaco arranhando os rostos dos soldados enquanto Malao os derrubava dos cavalos com seu Bastão de Macaco esculpido.

Ying também viu Hung, o bandoleiro conhecido como Urso, girando dois imensos martelos de guerra. Hung lutava junto com Gao, que brandia nada menos do que cinco pistolas. Juntos mantinham um grupo de soldados implacáveis afastados de um homem de aparência régia que Ying sabia ser o governador da região.

Gao, aparentemente, havia esgotado as armas carregadas, e Ying o viu jogar uma das pistolas em um soldado montado, obviamente frustrado.

Em resposta à ação de Gao, alguém gritou:

— Gao! Aqui! Tenho algo para você!

Ying viu que quem falava era um bandoleiro com roupas surradas montado em um magnífico cavalo de guerra a 30 passos de Gao. O homem puxou uma pistola da faixa.

— Está carregada! Venha pegar!

Gao correu até ele. Esticando-se para pegar a pistola, ele disse:

— Belo cavalo. De quem roubou?

O homem sorriu.

— De ninguém. Tonglong me deu. — O homem mirou a pistola em Gao e disparou.

Os olhos de Ying se arregalaram, estarrecidos. Viu enquanto a bala atingia Gao no peito. Gao tossiu um monte de sangue, depois caiu.

Fu e Sanfu rugiram de forma uníssona e correram em direção ao bandoleiro montado. Fu gritou:

— *Você* deveria assumir meu posto na fortaleza ontem à noite! Em vez disso, trouxe Tonglong aqui!

O homem sorriu e assentiu. Puxou outra pistola da faixa e mirou em Fu, mas não teve chance de atirar. Hung o atacou pelo ponto cego. Um golpe com os poderosos martelos esmagaram o crânio do cavaleiro.

O macaco berrou do alto, e Ying olhou para cima, para ver Malao ao lado dele, apontando com o Bastão de Macaco sangrento em direção a uma parede de fumaça do outro lado da clareira.

— Tonglong está vindo!

— Bandoleiros, recuar! — berrou Mong.

Os bandoleiros começaram a correr para as árvores de todas as direções, com soldados montados logo atrás. Ying virou para a fumaça e viu um cavaleiro avançando pelo terreno aberto, com uma fileira de cavaleiros adicionais logo atrás.

Agora o quê?, pensou Ying. A espada do Grão-mestre seria inútil contra uma carga dessas.

Ying arrancou o chicote de corrente do bolso na manga da túnica e, enquanto Tonglong emergia da fumaça, correu para a clareira e atacou as patas dianteiras do cavalo de Tonglong. A corrente extralonga se enrolou nos joelhos do cavalo, e o animal desabou. Os olhos de Ying encontraram os de Tonglong enquanto este avançava sobre a cabeça do cavalo. Ying pôde ver a surpresa do reconhecimento estampada no rosto do oponente. Ying sabia que Tonglong acreditava que ele estivesse morto.

Ying viu Tonglong dar de cara com umas árvores na ponta da clareira, os troncos estalando como gravetos. Tonglong caiu imóvel enquanto o cavalo saltava e esperneava, conseguindo se levantar e livrar as pernas sangrentas do chicote de corrente.

Os cavaleiros na esteira de Tonglong de alguma forma cercaram o cavalo dele, e Ying pensou: *Estes homens são muito, muito bons cavaleiros. Vamos ver o quão habilidosos são com armas.*

Enquanto o cavalo de Tonglong mancava, Ying puxou o chicote de corrente do chão e se dirigiu a Tonglong.

Os soldados montados formaram uma barreira entre Ying e o corpo imóvel de Tonglong. Havia dez soldados montados ao todo, e três deles ergueram suas pistolas e as apontaram na direção de Ying.

Ying não se importou. Se Tonglong não estivesse morto ainda, ele colocaria o último prego no caixão, independente das consequências.

Ying começou a girar o chicote de corrente no alto como um laço, preparando-se para fatiar todos aqueles soldados em pedaços. Tinha dado dois passos em direção à linha de cavaleiros quando foi derrubado violentamente no chão. No mesmo instante, três pistolas soaram, as balas lançando nacos de terra ao ar bem onde ele estava.

Ying rolou diversas vezes e se levantou. Estava começando a enrolar o chicote de corrente em uma das mãos, pronto para esmagar o agressor, quando viu que tinha sido Fu que o derrubara.

Fu se levantou.

— Corra, seu idiota! Por aqui! — Correu para uma parede espessa de pinheiros, e mais dois tiros soaram, as balas atingindo os troncos suaves.

Ying saltou na vegetação atrás de Fu, aterrissando fora do alcance visual dos soldados. Estava prestes a se enfiar ainda mais no meio dos galhos entrelaçados de pinheiros quando ouviu uma voz familiar. Girou e espiou na clareira através de uma pequena abertura na parede de agulhas de pinheiros.

— O que aconteceu? — gritou ShaoShu, emergindo da fumaça, montado em um pônei.

O cavaleiro ignorou ShaoShu. Oito deles se espalharam pela clareira para se resguardarem contra um possível contra-ataque dos bandoleiros, enquanto dois cavaleiros se mantinham diante do corpo de Tonglong.

Parecia que ShaoShu estava perdido quanto ao que fazer consigo mesmo. Conduziu o pônei para a fileira de árvores e começou a cavalgar lentamente pelo perímetro da clareira. Ao se aproximar do esconderijo de Ying, este sussurrou através dos pinheiros:

— ShaoShu! Sou eu, Ying. Descubra se Tonglong ainda está vivo.

Para dar crédito a ShaoShu, ele não piscou o olho. Agiu como se Ying nem estivesse lá e virou o pônei, voltando em direção aos dois cavaleiros.

Um deles franziu o rosto para ShaoShu.

— Onde pensa que vai?

— Quero saber do nosso líder — disse ShaoShu. — Ver se precisa de ajuda.

— Ninguém poderia sobreviver a uma queda dessas. Estamos apenas protegendo o corpo, caso os bandoleiros retornem.

— Eu detestaria ser você se ele ainda estiver vivo e descobrir que falou isso.

O homem encarou ShaoShu, e o segundo cavaleiro falou:

— Deixe o garoto dar uma olhada. Que mal pode haver?

Ying assistiu enquanto ShaoShu desmontava e corria para o lado de Tonglong. ShaoShu começou a andar perto do pescoço de Tonglong e de repente parou e apontou para o outro lado da clareira.

— Hei! — disse em tom preocupado. — Acho que estou vendo alguém na fumaça!

Os dois cavaleiros desviaram o olhar, e Ying viu ShaoShu guardar alguma coisa nas dobras da túnica.

Os cavaleiros olharam novamente para ShaoShu.

— Para onde estava apontando? Não há nada...

— Ele está vivo! — interrompeu ShaoShu, genuinamente surpreso. — Está respirando!

Os cavaleiros se entreolharam, com os olhos arregalados.

— Vamos afastá-lo dessas chamas! — disse um deles.

Ambos desmontaram, e ShaoShu se afastou, correndo na direção de Ying. Quando chegou à borda da clareira, fingiu escorregar, tropeçando e caindo nos pinheiros. Parou ao lado de Ying.

Ying não conseguiu deixar de sorrir.

— Você é louco — sussurrou.

— Eu sei — sussurrou ShaoShu de volta. Enfiou a mão na túnica e retirou uma chave amarrada a uma corda fina de seda. A chave tinha dragões entrelaçados.
— Leve isto. Deve abrir um dos portões ou alguma coisa no fundo da Cidade Proibida.

Ying pegou a chave e olhou incrédulo para os olhos pequenos de ShaoShu.

— Não sei como algum dia poderei recompensá-lo.

— Leve-me com você. Há algumas semanas disse a Tonglong que Hok estava morta, mas tenho certeza que ele a viu lutando aqui agora. Vai me matar.

— Acha que ele vai sobreviver? Foi uma queda horrível.

A pergunta de Ying foi respondida por um rugido alto de Tonglong. Ying espiou através dos pinheiros.

Surpreendentemente, os dois cavaleiros estavam ajudando Tonglong a se sentar. A cabeça estava caída sob o peso da longa trança, mas ele se encontrava claramente consciente e com os braços e as pernas funcionando. Parecia estar bem e se recuperando depressa.

ShaoShu também espiou.

— Tonglong está com a famosa armadura branca de jade sob as vestes. Vi algumas das placas quando peguei a chave.

— Isso explicaria por que os galhos não o empalaram — disse Ying.

— Melhor sairmos daqui — disse ShaoShu, apontando para o Leste. — Os bandoleiros correram para lá.

— Deixe-os correrem para onde quiserem — sussurrou Ying. — É Tonglong que vamos seguir. Agora que ele sabe que também estou vivo, não descansará enquanto não estiver dentro das paredes da Cidade Proibida. Vamos caçá-lo e pintar aquelas paredes com o sangue dele.

ShaoShu concordou e Ying assentiu de volta.

Ying guardou a chave nas dobras da túnica e recuou pelos pinheiros, sobre as mãos e os joelhos.

ShaoShu foi atrás.

Capítulo 19

— Como está se sentindo? — perguntou Xie.

— Ridículo — respondeu Long.

— Estou perguntando em relação à sua saúde desde que chegou há cinco dias — disse Xie. — Não sobre seu orgulho no momento.

Long suspirou.

— Estou bem e meu ferimento está curando. Mas me sentiria melhor se o seu amigo parasse de me tratar como uma almofada de alfinetes humana. A flecha no lado do meu corpo foi suficiente, muito obrigado.

O alfaiate pessoal de Xie zumbia em torno de Long como uma abelha, medindo e marcando segmentos de seda amarela ilegal em volta do seu corpo. Somente o Imperador tinha permissão para vestir amarelo.

Long balançou a cabeça. Por que tinha concordado com aquela charada?

Xie tinha um plano para lidar com Tonglong, tão complexo quanto simples. Xie havia assumido formalmente o controle das tropas do pai, e como Caudilho do Oeste havia comandado os generais para puxarem tropas dos locais mais longínquos para encontrarem os bandoleiros nos contornos da Cidade Proibida como Mong havia sugerido. Contudo, e se o palpite de Mong estivesse errado e Tonglong aparecesse na Cidade Proibida muitas semanas antes do Ano-novo? Xie estava convencido de que deveriam tomar medidas adicionais.

Xie percebeu que, como ninguém tinha exata certeza quanto à localização do Imperador, ninguém questionaria se ele voltasse para a Cidade Proibida. Tradução, se alguém *fingisse* ser o Imperador, essa pessoa não seria questionada. Principalmente se parecesse o Imperador e estivesse acompanhado por Xie, a quem todos reconheciam como o segurança do Imperador e que era temido pela maioria das pessoas. Long tinha mais ou menos o tamanho do Imperador e receberia muito espaço sempre que Xie estivesse por perto, o que seria o tempo todo.

Por sorte, hoje a prova da túnica seria a última, e partiriam no fim do dia. Para manter as coisas mais autênticas possíveis, transportariam Long em estilo real, com guardas armados e uma cadeirinha. Long estava ansioso por isso.

Xie e Long haviam discutido a possibilidade de que Tonglong pudesse vir a saber da procissão e atacá-los, mas Xie achava que a chance era muito pequena. Estariam viajando pelos vastos espaços abertos das regiões militares do Oeste e do Norte, e Tonglong não apareceria nem a 100 *li* de distância sem estar acompanhado por tropas numerosas.

Após um almoço tranquilo, partiram. Long pensava que poderia haver problema em relação ao sigilo da missão ser comprometido por causa de todas as pessoas em Tunhuang que sabiam do plano, mas Xie garantiu que nada seria comprometido. Todos nos ciclos de Xie foram leais ao pai dele e ansiavam por ver Tonglong pagar pelo que havia feito.

Long iniciou a jornada na cadeirinha com Xie ao lado, montando um Cavalo Divino, como mandava o protocolo. A cadeirinha tinha hastes que se esticavam na frente e atrás, para que homens a levantassem sobre os ombros; esta, no entanto, tinha sido modificada para que cavalos também pudessem carregá-la. Estavam com pressa, e cavalos avançavam duas vezes mais rápido que humanos. E também poderiam correr, se fosse preciso.

A cadeirinha tinha cortinas que podiam se abrir, e Long e Xie conversaram durante horas através delas. Xie explicou que havia algo chamado Estrada de Seda, que era uma rede de trilhas soltas que ligavam a China ao Ocidente. Bens eram transportados nos dois sentidos dessa "estrada", e Tunhuang era uma das principais paradas. Boa parte da estrada consistia de deserto cruel, então cidades como Tunhuang eram pontos importantes para compra e venda de suprimentos para viajantes exauridos. Também se praticava câmbio, e era isso que fazia de Tunhuang uma das cidades mais ricas do mundo.

Ao se aproximarem dos contornos da cidade, Long viu uma grande muralha. Aliás, Xie disse a ele que era *a* Grande Muralha, conhecida por diversos nomes. Essa Muralha começava a milhares de *li* no Sudeste da China e acabava em Tunhuang, no Noroeste. A parede havia sido construída em seções, no curso de mais de 2 mil anos, e foi erguida para impedir que "pessoas de fora", como os mongóis, entrassem na China.

Long ficou surpreso quando chegaram à Muralha, e Xie contou que viajariam para os portões de Pequim — a cidade onde estava localizada a Cidade Proibida — pelo topo da Muralha. A cadeirinha de Long foi carregada por uma gigantesca escadaria de pedra, e quando chegaram ao topo ele descobriu que a Muralha era maciça tanto em termos de altura quanto de espessura. Era tão larga que diversos cavaleiros podiam andar um ao lado do outro.

Começaram a marchar para o Leste, e Long logo aprendeu que de muitas formas a Muralha servia tanto para comunicação quanto para proteção. Não só os cavalos podiam correr por ela para entregar recados, como também estações de sinais de fogo e tambor se espalhavam em intervalos regulares para permitir que os soldados transmitissem informações com incrível velocidade.

Long também viu que torres de observação tinham sido construídas a cada mil passos no topo da Muralha, e que havia quatro soldados em cada torre o tempo todo, observando o horizonte. As torres eram feitas com janelas especiais que facilitariam os tiros de arqueiros, mas dificultaria que arqueiros inimigos pudessem atirar flechas dentro delas. Além disso, muitas das torres de observação em áreas confusas eram equipadas com caldeirões de óleo fervente para serem derramados em combatentes inimigos que tentassem escalar a Muralha.

Parecia que todas as precauções possíveis haviam sido tomadas na construção da Muralha. Long ficou imaginando quantas dessas ideias de construção tinham chegado até a Cidade Proibida. Se Tonglong chegasse lá, precisariam de toda ajuda possível.

Capítulo 20

ShaoShu atravessou a encosta congelada à noite, com bolinhos cozidos frios nas mãos. Chegou à boca de uma pequena caverna e passou por dois guardas adormecidos como um roedor passando por felinos dormindo. Se Tonglong algum dia descobrisse que aqueles soldados dormiram em serviço, comeria seus fígados no café da manhã.

ShaoShu rastejou para o fundo da caverna, até o caixote fedorento dos porcos. Bateu levemente na lateral.

— Imperador, sou eu, ShaoShu. Está acordado, senhor?

Uma voz cansada resmungou de dentro do caixote.

— Ratinho, o que está fazendo aqui? Disseram que tinha fugido.

— Eu fugi, com Ying, depois da batalha com os bandoleiros. Contudo, estamos seguindo Tonglong desde então. Estamos espionando ele e seus homens, e tenho roubado comida também. Trouxe um pouco para o senhor. Aqui vai.

ShaoShu introduziu cuidadosamente sete bolinhos por um dos buracos de ar do caixote.

— Obrigado — disse o Imperador.

— De nada. Como está o senhor?

— Melhor quando você me traz comida. Senti sua falta. Se eu escapar com vida, você será amplamente recompensado.

— Só quero ficar com meus amigos.

— Está se referindo aos jovens monges de Cangzhen sobre os quais me contou?

— Estou.

— É muito admirável de sua parte. Você inclui Ying no monte?

— Sim, senhor.

— Ainda acho difícil acreditar que Ying está tentando me ajudar — disse o Imperador.

— É verdade — respondeu ShaoShu. — Aliás, ele é a razão pela qual você está indo para a Cidade Proibida tão antes do programado.

— O que quer dizer?

— Ying ter atacado Tonglong está deixando ele louco. Literalmente. Eu o vi pisoteando pelo acampamento, praguejando e resmungando consigo mesmo sobre Ying ter voltado do túmulo para tentar matá-lo. Acho que o ataque de Ying o fez perceber que ele pode morrer a qualquer instante. Ele ia esperar para a chegada de todas as tropas à fortaleza antes de marchar para a Cidade Proibida, mas, como o senhor pode perceber, já estamos a caminho.

— Quanto tempo até chegarmos?

— Os soldados dizem que cerca de uma semana.

— E quantos homens ele tem?

— Alguns morreram no ataque contra os bandoleiros, mas ele ainda tem cerca de 80 soldados de elite, mais os cavalos.

— Há 3 mil soldados imperiais amplamente habilidosos na Cidade Proibida. Tonglong não tem a menor chance.

— Eles ficam chamando isso de "missão diplomática" — disse ShaoShu. — Os homens de Tonglong dizem que não haverá derramamento de sangue por causa de quem Tonglong subornou.

— Mencionaram algum nome?

— Só um, mas dizem que essa pessoa é muito importante, Wuya, ou Corvo.

— Wuya? — perguntou o Imperador. — Tem certeza?

— Sim, senhor.

— Então estamos realmente condenados. Wuya é o chefe de segurança de toda a Cidade Proibida. Todos os 3 mil soldados são subordinados a ele.

— Uau! — disse ShaoShu.

— Uau de fato. Pensando bem, confiei totalmente em Wuya, aparentemente outro de meus muitos erros. Quando as principais forças de Tonglong devem chegar?

— Ouvi os soldados dizerem que esquadrões locais já estão chegando à fortaleza, mas as tropas do Sul e do Leste não devem aparecer por pelo menos mais algumas semanas.

— É uma boa notícia. Existe mais alguma coisa que possa me contar?

— Bem, tem a chave que eu roubei de Tonglong e dei para Ying.

— Uma chave?

— Sim, senhor — disse ShaoShu. — Tonglong tinha uma chave que ele dizia abrir um portão ou porta nos fundos da Cidade Proibida, não sabia ao certo o quê. Logo antes de fugir roubei a chave e a dei para Ying.

— Sabe onde Tonglong arrumou a chave?

— Com o pai, senhor.

— E como ela é? Uma chave normal?

— Não, é com dragões entrelaçados.

— Esta é uma *ótima* notícia — disse o Imperador. — Conheci o pai de Tonglong. Se a chave é o que acredito ser, podemos ter alguma chance. Quero dizer, Ying terá outra chance com Tonglong. Agora, ouça com atenção...

Capítulo 21

Seh estava sentado à mesa de reuniões na sala secreta sobre a cozinha da Jade Fênix. Ele e os bandoleiros só estavam em Kaifeng há algumas horas, mas a proprietária, Yuen, contou-lhes que havia muitos boatos correndo graças à propaganda de Tonglong. Disse que os locais estavam dizendo que a força de elite de Tonglong havia matado os bandoleiros, esmagando a chamada Resistência.

Seh detestava admitir, mas a propaganda estava mais ou menos precisa.

Ao redor da mesa com Seh estavam Mong, Hung, Bing, Sanfu e o Governador; mais Fu, Malao e Hok. O clima era sombrio. Estavam imersos em conversa, determinando a próxima ação.

O Governador limpou a garganta e olhou para Mong.

— Não sei como dizer isso, mas nosso melhor próximo passo pode ser a rendição.

— Nunca! — rugiu Fu, socando a mesa.

— Temos que ser realistas — disse o Governador. — Ninguém trabalhou mais duro pela autonomia desta região do que eu, e ninguém sabe melhor do que eu o que está em jogo. Se tivéssemos meios de lutar, seria outra história. Contudo, o que acabamos de ver com grande clareza é que um exército voluntário de homens bem-intencionados não pode competir com aqueles armados com pistolas e mosquetes.

— Matamos alguns deles — disse Fu.

— Matamos cerca de 20 cavaleiros, comparado a mais de 100 bandoleiros perdidos — disse o Governador. — Essa proporção é inaceitável. Não mudará significativamente a não ser que tenhamos armas de fogo...

— Alguém falou em armas de fogo? — disse uma voz do lado oposto da escotilha da sala de reuniões.

Seh não reconheceu a voz de cara, mas Fu, Hok e Malao sim.

— Charles! — ganiu Malao.

Ele saltou da cadeira e abriu a escotilha, derrubando uma escada de corda para a cozinha. Logo depois a cabeça de Charles apareceu pela escotilha.

— Vim para perguntar a Yuen onde encontrá-los, e aqui estão! — disse Charles. — Deve ser um sinal. Tenho notícias.

— Por favor, diga que seus amigos piratas estão vindo — disse Malao. — Precisamos muito da ajuda deles. Além disso, eu *amo* passeios de barco. — Ele riu.

Charles balançou a cabeça.

— Minhas notícias não são *tão* boas. Na minha viagem para encontrar meus conterrâneos, naveguei até o mar antes de descobrir que Tonglong havia posicionado navios de guerra em toda a costa marítima. Não pude tentar viajar por aquela rota. O Grande Canal também se tornou fora de cogitação. Há soldados por todos os lados.

— Então, quais são as boas notícias? — perguntou Hok.

— Naveguei de volta pelo rio Amarelo para Jinan e fui me encontrar com HukJee, o comerciante do mercado negro. Ele percebeu que Tonglong como Imperador seria ruim para os negócios dele, então se ofereceu para ajudar. Vai nos dar armas de fogo.

— Verdade? — disse Fu.

Mong balançou a cabeça.

— Não tão depressa, Fu. Charles, de que quantidade estamos falando e quando?

— HukJee disse que pode arrumar 200 pistolas e 100 mosquetes em Jinan em cinco dias. Pode ser que também consiga alguns canhões, mais pólvora negra e munição. Posso correr até Jinan, pegar o que um barco puder carregar e ir para a Cidade Proibida. Existe um longo canal que liga a Cidade Proibida ao rio Amarelo. Podemos nos encontrar em algum lugar por lá.

— Ótima ideia, Charles — disse Mong. — Mas vai precisar de ajuda. Fu, Malao, Hok e Seh, o que acham de viajar com Charles? Acho que vocês podem proteger adequadamente um navio tão precioso quanto esse.

— Ótimo! — gritou Malao. — Passeio de barco!

O rosto de Charles ficou sério, e ele se voltou para Malao.

— Armas de fogo são perigosas, amiguinho. Devem ser levadas a sério.

Malao abaixou os olhos.

— Desculpe.

Seh viu Fu e Hok concordarem solenemente. Ele assentiu também.

— Obrigado — disse Charles a eles, e voltou-se para Mong. — Ficaria honrado se meus amigos pudessem me acompanhar como tripulação, e vou lhes ensinar como manusear o que temos. Chegaremos como mais do que um simples navio de transporte. Seremos uma verdadeira embarcação de guerra.

— Obrigado — disse Mong. — Sei que essa não é sua batalha, visto que vem de outra terra.

Charles olhou para cada um deles, em seguida se curvou para Mong.

— É minha batalha, senhor. Vocês são meus amigos. Não vou decepcioná-los.

Capítulo 22

Long passou quase uma semana viajando com Xie e a falsa caravana imperial sobre a Grande Muralha antes de chegarem ao enorme portão na extremidade oeste da cidade de Pequim. Aprendera que a Cidade Proibida era um composto cercado por muros nos confins da cidade, e logo viu sua cadeirinha sendo carregada por uma enorme escadaria até uma multidão reunida.

A notícia de que a caravana do Imperador estava chegando havia se espalhado rapidamente entre os habitantes da cidade, que foram informados pelos soldados que monitoravam os sinais de fogo da Muralha. As notícias circulavam mais rápido do que a caravana podia viajar, e quando, horas depois, Long chegou aos portões principais da Cidade Proibida, havia testemunhado milhares e milhares de pessoas empurrando e afastando umas às outras, tentando conseguir dar uma olhada na cadeirinha do líder imperial. Long jamais havia visto nada como a multidão da Cidade Proibida.

Do lado de fora do maior e mais imponente portão que poderia imaginar, Long ouviu o som de um gongo, e a multidão animada fez um silêncio mortal. O portão principal da Cidade Proibida se abriu lentamente, e uma multidão começou a recuar dele. Soldados montados logo surgiram, afastando ainda mais a multidão enquanto formavam um rio de espaço aberto pelo qual a caravana de Long passaria intocada.

Soldados saudaram e mais gongos começaram a soar, e Xie colocou a cabeça na cadeirinha sem conseguir conter o sorriso.

— Tudo isso para você, meu amigo — disse ele. — O que achou?

— Honestamente, não faço ideia do que achar — respondeu Long, impressionado. — Isso já aconteceu antes?

Xie riu.

— Toda vez que ele entra ou sai. O atual Imperador é incomum no sentido de que gosta de viajar, que é boa parte da razão pela qual foi capturado. A maioria dos imperadores e imperatrizes raramente deixam a Cidade Proibida. Como verá, não há necessidade. Estamos prestes a entrar, então levante o capuz sobre a cabeça e fique em silêncio. Ninguém tem autorização para olhar para você, mas é melhor nos garantirmos.

Long assentiu indicando que entendia e se sentou para curtir a viagem.

A primeira coisa pela qual passaram foi um largo fosso, que foi atravessado através de uma bela ponte, e em seguida passaram pelo maior par de portas que Long já havia visto. Esse "portão" era tão alto que ele nem sequer podia adivinhar a altura, e era largo o bastante para que diversos cavalos pudessem passar lado a lado. As portas do portão eram uma maravilha da engenharia, e quase tão ornamentadas quanto a ponte.

Depois que atravessaram, as portas se fecharam atrás deles, e Long notou um portão diferente à frente. Em ambos os lados havia paredes luminosas com soldados armados no alto. Alguém soou um gongo, e o segundo par de portas começou a se abrir. Atravessaram-nas, apenas para se verem diante de mais um par, e com mais soldados nos topos das paredes laterais. Long sussurrou pela janela para Xie:

— Quantos desses portões existem?

— A Cidade Proibida é feita de cidades dentro de cidades — respondeu Xie. — Há paredes dentro de paredes e portões dentro de portões. Os portões logo se tornarão progressivamente mais afastados uns dos outros, e você verá mais e mais construções em cada seção, mas, respondendo à sua pergunta, há mais ou menos sete portões entre a entrada e o seu palácio, dependendo do que você considere um portão. A área em que ficará é a mais segura em toda a China.

— Vamos levar o dia inteiro para chegar lá — disse Long com um suspiro.

— Horas — respondeu Xie. — O protocolo requer que você encontre seus conselheiros. Há diferentes conselheiros, para diferentes assuntos, e todos eles ocupam diferentes seções da Cidade Proibida. Ao chegar, o Imperador deve encontrar cada um deles. A boa notícia é que você não precisa sair da cadeirinha, e eles são proibidos de olhar diretamente para você. Você não precisará falar, apenas ouvir o que eles têm a relatar. A má notícia é que não jantaremos até meia-noite.

Quando Long chegou ao "seu" salão de jantar pessoal e o jantar foi servido, era de fato meia-noite, e ele estava quase cansado demais para comer. Estava com a cabeça doendo de ouvir todas as coisas com as quais o Imperador tinha que lidar. Como um homem podia ser responsável por tantos detalhes e decisões? Havia conselheiros para tudo, desde comércio exterior à taxação nacional e cardápios diários para os 400 criados pessoais do Imperador. Era exaustivo. Despertou um novo respeito pelo Imperador.

— Bastou por um dia? — perguntou Xie.

Long tirou o capuz e esfregou a testa.

— Por favor, nem brinque com isso. Acho que não aguentaria mais uma reunião ou conselheiro.

— Sinto informá-lo, então, de que temos mais uma reunião. Você ainda não encontrou o chefe da segurança, meu melhor amigo de infância, Wuya.

— O nome dele é Corvo? Ele já foi um monge guerreiro?

— Não. Como eu, ele por acaso tem um nome da natureza. Nossas famílias têm uma longa história de amizade, e dar esses nomes aos filhos é um hábito único do qual partilhamos.

Bateram à porta, e Long rapidamente levantou o capuz.

Um criado entrou no salão e se curvou em reverência para Xie.

— O Chefe de Segurança Wuya está aqui.

— Mande-o entrar — disse Xie, e se virou para Long sussurrando: — Vamos ver quanto tempo ele leva para perceber que você não é o Imperador.

Long assentiu e ficou sentado imóvel, como se fosse o Imperador. Puxou o capuz sobre a cabeça e cruzou as mãos dentro das longas mangas amarelas.

Wuya entrou no salão e Long viu como o nome era adequado a ele. Era alto e magro, com brilhantes cabelos negros e um nariz grande e bicudo. Parou a diversos passos de Long e se inclinou, olhando diretamente para ele.

Long se sentiu desconfortável. Todos os outros conselheiros haviam seguido a tradição e olhado para ele somente de forma indireta. Aquele homem o estava analisando, por algum motivo.

— Bem-vindo de volta, Vossa Eminência — disse Wuya.

Long assentiu.

— Espero que sua viagem tenha sido satisfatória.

Long assentiu novamente.

— Entendo que sua caravana se aproximou de Pequim, do Oeste. Perdoe-me dizer, Alteza, mas isso é estranho. O senhor era esperado do Sul. Era também esperado que estivesse trabalhando com nosso novo Caudilho do Sul, Tonglong. Está tudo bem? Tenho razões para ficar alarmado?

Long balançou a cabeça. Os olhos negros de Wuya se cerraram.

— O quê, Alteza? Está balançando a cabeça em resposta à minha primeira pergunta ou à segunda?

Long não sabia o que fazer. Não havia falado a noite inteira, sabendo que ao fazê-lo se denunciaria como um impostor.

Xie colocou a mão no ombro fino de Wuya.

— Wuya, meu velho amigo, precisamos conversar.

Wuya balançou os ombros para afastar a mão de Xie.

— Estou falando com *o Imperador*. Você e eu conversaremos em breve. — Ele pegou um pequeno molho de chaves amarrado à faixa e voltou-se para Long. Com um rápido movimento de pulso, Wuya jogou as chaves na cara de Long, que mal teve tempo de pegá-las antes de o atingir na boca.

Wuya ganiu e apontou para Long, mas falou com Xie.

— Eu *sabia*! Estas são as mãos de um menino e não de um homem. Retire o capuz.

Long obedeceu.

— Quem é você? — perguntou Wuya.

— É uma longa história — respondeu Xie olhando desconfiado para Wuya. — Mas antes de responder sua pergunta tenho uma para você. Desde o momento em que entrou parecia saber que este não era o Imperador. Como?

— Você entra na Cidade Proibida com uma criança querendo se passar por Imperador e quer *me* questionar sobre as *minhas* desconfianças? Sou o chefe da segurança. É meu trabalho desconfiar. Se você detectou mais desconfiança do que o normal nesse caso, era obviamente garantido. Agora, diga-me, quem é ele? O que estão tramando?

— Sente-se e lhe contarei. Não há razão para ser agressivo.

— Não sentarei! — disse Wuya. — Onde está o Imperador?

— Ele foi sequestrado — respondeu Xie.

— Sequestrado? Por quem?

— Tonglong.

— O Imperador está viajando sob a proteção de Tonglong. Não houve sequestro.

Xie balançou a cabeça.

— O Imperador está sendo mantido contra a vontade, e da última vez que o vi, estava sendo enfiado em um caixote de porcos.

Wuya cerrou os dentes.

— Por que Tonglong faria isso?

— Ele tem fome de poder.

Os pequenos olhos de Wuya brilharam de raiva.

— Claro que Tonglong tem fome de poder. Ele agora é Caudilho do Sul. Uma pessoa não chega a esse nível de liderança *sem* ter fome de poder. Podem acusá-lo das mesmas tendências, Xie, considerando que agora é o Caudilho do Oeste.

— Tonglong é completamente diferente de mim, e você sabe. Não gostei da comparação.

— O que você gosta ou não gosta não significa nada — disse Wuya. — A segurança do nosso país significa tudo. Vamos supor por um momento que Tonglong *estivesse* tramando alguma coisa. Você decide por conta própria que a solução para o problema seria colocar um impostor no trono? Como ousa! O que está fazendo significa traição.

— Como *você* ousa falar comigo desse jeito?! — respondeu Xie, em tom ameaçador. — É apenas por respeito ao nosso passado que não arranco sua cabeça dos seus ombros ossudos neste instante. Tonglong está reunindo tropas. Ele alega estar fazendo isso com a benção do Imperador. Por que o Imperador abençoaria isso? Pense. Ouça-me.

— Não, *você* me ouça. Respeito nossa história e respeito sua posição como Caudilho do Oeste. Mais do que tudo, respeito o fato de que recentemente perdeu seu pai em condições que eu mesmo acho estranhas. Contudo, estamos na Cidade Proibida. Você não tem poder aqui. *Eu* sou o chefe de segurança. Você me colocou em uma posição comprometedora sem antes me consultar. Se alguém descobrir essa sua brincadeira, *eu* serei executado. — Ele se virou e encarou Long. — Você não me disse quem é. Parece-me familiar.

— Meu nome é Long — respondeu Long —, mas pode me conhecer como Dragão Dourado.

— Claro — disse Wuya. — O novo Grande Campeão do Clube da Luta. Mais alguém viu suas mãos hoje?

— Não.

— Se uma única pessoa desconfiar de alguma coisa — disse Wuya —, toda a nação pode entrar em pânico. Eu não teria escolha senão matá-lo. Deveria simplesmente matá-lo agora e me poupar de um mundo de problemas em potencial. Sugiro que vá embora imediatamente, Long. E deixe suas vestes blasfemas amarelas aqui também.

— Ele não vai a lugar nenhum — disse Xie. — Precisamos que todos continuem pensando que o Imperador está nos confins da Cidade Proibida e no controle. Quando Tonglong chegar e tentar ocupar o trono...

— Basta dessa maluquice de Tonglong! — disse Wuya. — Pegue Long e saia imediatamente. Não serei responsável pela segurança dele ou pela sua.

— Assumo total responsabilidade pelas vidas de nós dois — disse Xie —, mas não sairemos nos seus termos. Sairemos quando *eu* decidir que é a hora.

— Então, até o pôr do sol amanhã — disse Wuya.

— Nenhum minuto a mais. E não saiam deste salão.

— Amanhã à noite, tudo bem, mas estava pensando em deixá-lo em meus aposentos hoje.

— Não. Muitas pessoas o viram. Ele deve ficar na suíte do Imperador.

— Então, eu ficarei com ele — disse Xie —, no chão perto da porta.

— Não fará nada disso. Nunca fez isso com o Imperador. Não devemos fazer nada fora do comum.

— Passei muitas noites do lado de fora da porta do Imperador.

— Do lado de fora é aceitável. Dentro, não. Enquanto jantam, montarei guarda ao quarto e instruirei meus homens a se manterem longe enquanto está aqui. Você quebrou a minha confiança, Xie, e devo fazer o que é requerido de mim para proteger meus interesses, assim como os interesses de toda a nação.

Antes que Xie tivesse chance de dizer mais uma palavra, Wuya se retirou.

Capítulo 23

Long se deitou na suíte particular do Imperador, exausto, mas sem conseguir dormir. O que ele estava pensando, vindo aqui e fingindo ser a pessoa mais poderosa sob o sol? Wuya tinha razão. Isso era loucura. Deveria estar mais preocupado com o que poderia significar para o país, sem falar na própria segurança e na de Xie. Estava feliz por ir embora no dia seguinte.

Long fechou os olhos e tentou dormir, mais uma vez. Suas pálpebras tinham acabado de se fechar quando seu *dan tien* começou a tremer. Inicialmente, ele pensou que fosse apenas sua mente superativa afetando o corpo, mas ouviu atentamente e logo escutou alguém entrando. Mas quem? E, mais importante, por quê?

Xie tinha dito a Long que ficaria do lado de fora da porta a noite inteira. O quarto era enorme e a estranha cama onde Long estava deitado ficava exatamente no meio. Era difícil sentir qualquer coisa fora da porta a essa distância e quase impossível ver. O quarto possuía diversas janelas, mas eram altas nas paredes e as cortinas haviam sido fechadas, permitindo que apenas um pequeno feixe de luar entrasse no quarto.

Então, de onde vinham os barulhos?

Long rolou para o lado direito e olhou para a porta, concentrando-se. Na escuridão do quarto, sua audição era seu sentido mais útil. Identificou os cliques mais fracos, enquanto a fechadura girava, e um rangido quase inaudível quando a porta se abriu. O estranho era, o som veio da esquerda, de dentro do quarto.

Alguém havia entrado. Long sentiu uma intensa energia negativa extravasando dos poros do intruso como suor.

Long resolveu fingir que estava dormindo. Virou-se silenciosamente de costas, fechou os olhos e regulou a respiração. Se alguém estivesse vindo matá-lo, provavelmente atacaria sua cabeça. Contanto que continuasse focando na frente do rosto...

Houve um ruído de seda, e Long atacou. Rolou para fora da cama chutando para cima com a perna direita e ao redor em um poderoso arco. Sentiu a canela direita atingir o corpo do intruso e ouviu um "Humf!" abafado.

Long se levantou, ignorando a dor do machucado no lado. Lançou as mãos na direção do grito e encontrou o peito do intruso. Manteve os punhos pressionados contra o corpo do homem, deslizando as mãos para cima e para fora, até encontrar as axilas do intruso e os pontos de pressão extremamente sensíveis onde os músculos do peito se conectavam com os do braço. Long enterrou os dedos nos pontos de pressão em ambos os lados, e o homem praguejou, contorcendo-se de dor.

Long ouviu um ruído metálico no chão e imaginou que se tratasse de uma espada. Soltou o intruso e se abaixou para pegar o objeto. Sua mão esfregou um cabo ornamentado de espada e pegou-a. Parecia estranhamente familiar.

O intruso sibilou como um dragão, e Long mal pôde acreditar nos próprios ouvidos. Conhecia aquele tom, assim como conhecia a espada! Ele disse:

— Ying! Levante-se! Sou eu, Long.

A porta da suíte privativa se abriu, e Xie entrou apressado carregando um lampião.

— Long, eu...

Xie congelou, e seus olhos seguiram o olhar de Ying até uma seção de madeira da parede onde havia uma porta secreta. A porta estava aberta, e uma chama brilhava além dela, cada vez mais iluminada.

Wuya entrou pela passagem secreta na suíte particular do Imperador.

— O que está acontecendo aqui? — perguntou.

O rosto de Xie enrijeceu.

— Poderia fazer a mesma pergunta. — Virou-se e olhou fixamente para Ying. — E a você também.

Ying olhou de Wuya para Xie e, finalmente, para Long.

— Acho que o mais confuso sou eu.

Long olhou para a espada em sua mão e voltou-se para Ying.

— Você, primeiro, como entrou aqui? E onde conseguiu a espada do Grão-mestre?

— Recuperei a espada do Templo Cangzhen — respondeu Ying. — E a restaurei para matar Tonglong. Por isso estou aqui. Por que você está aqui?

— Você não está em posição de interrogar Long nem mais ninguém — interrompeu Xie. — Como sabia sobre a passagem secreta?

— Um ratinho me contou — respondeu Ying.

— ShaoShu? — perguntou Long.

Ying assentiu.

— Ele viajou comigo até aqui, mas ainda está em algum lugar fora dos muros.

— Como ShaoShu descobriu? — perguntou Xie.

— O Imperador.

— Ele ainda está vivo? — perguntou Wuya.

Ying assentiu.

— E como abriu a porta da suíte? — perguntou Xie.

— Tenho uma chave — respondeu Ying.

— Onde a conseguiu?

— ShaoShu roubou de Tonglong.

— Está dizendo que esse ShaoShu roubou uma chave da Cidade Proibida de *Tonglong*? — perguntou Wuya.

— Wuya, por que está tão interessado em Tonglong? — perguntou Xie. — E o que *você* estava fazendo entrando na suíte de Long pela passagem secreta? Só posso concluir que pretendia causar algum mal a ele.

Wuya zombou:

— Onde escolho ir não é da sua conta. O que *você* está fazendo aqui? Ordenei que se mantivesse do lado de fora da suíte.

— Entrei porque ouvi um barulho. Para dizer a verdade, eu ia entrar de qualquer jeito. Tenho notícias importantes.

— Notícias? — perguntou Long.

Xie assentiu.

— Tonglong chegou.

Long viu os olhos negros de Wuya brilharem à luz do lampião.

— Tonglong? — perguntou Wuya. — Tem certeza?

— Tenho certeza — disse Xie. — Subi em uma das pequenas torres e vi seu pequeno exército de cavaleiros com meus próprios olhos. Estão do lado de fora do portão principal.

— Tonglong está aqui sim, sem dúvida — disse Ying. — Eu e ShaoShu o seguimos por tempo suficiente para saber que este era seu destino.

Wuya foi até a porta principal da suíte.

— Vocês três, fiquem aqui até eu voltar. Tenho homens guardando a passagem secreta, a porta principal e até as janelas. Tentem fugir e levarão tiros.

Capítulo 24

ShaoShu deitou escondido sob um pequeno arbusto perto do fosso da Cidade Proibida, fazendo o possível para não ser descoberto por Tonglong, que estava perto. ShaoShu estava ensopado e tremendo de frio, tendo nadado pelo fosso após deixar Ying na entrada da passagem secreta do Imperador.

ShaoShu balançou a água dos ouvidos e observou a silhueta de Tonglong ao luar. Estava claro que Tonglong havia perdido o juízo. Encontrava-se do lado de fora do portão principal aberto, olhando várias centenas de soldados armados da Cidade Proibida posicionados do lado de dentro. Os soldados não tinham permissão para pisar fora da entrada do portão, e Tonglong não podia entrar. Tratava-se de um impasse.

Os soldados da Cidade Proibida estavam bem-armados, mas os cavaleiros de elite remanescentes de Tonglong também, alinhados atrás dele. ShaoShu atribuiria chances iguais de sucesso a qualquer um dos grupos se as coisas desaguassem para uma batalha, apesar de haver mais milhares de soldados na Cidade Proibida que poderiam ser convocados a agir de modo a acabar efetivamente com Tonglong se alguém os comandasse.

ShaoShu ouviu Tonglong discutir que havia combinado de se encontrar com Wuya em algum lugar fora da Cidade Proibida. Contudo Wuya não havia aparecido. Agora Tonglong estava exigindo ser autorizado a entrar para encontrá-lo. Tonglong vestia a armadura de jade branca tradicionalmente reservada ao comandante de direito da China e segurando uma espada de jade branca de importância semelhante. Brilhava como um farol ao luar e parecia achar que a roupa deveria fazer as forças da Cidade Proibida se curvarem aos seus pés.

Não fez.

— Sabe quem sou? — perguntou Tonglong.

— Sabemos, senhor — respondeu o líder do batalhão do portão da frente da Cidade Proibida. — Contudo, Xie emitiu ordens para negar entrada a você e a seus cavaleiros. Somente Wuya pode passar por cima dessas ordens, e ele não está disponível agora.

— Xie! — disse Tonglong. — O que *ele* está fazendo aqui?

— Ele mora aqui, senhor.

Tonglong franziu o rosto.

— Eu *sei* disso. Quando ele chegou?

— Não tenho autorização para falar, senhor.

— Quando foi a última vez que viu Wuya?

— Há mais de uma hora que ninguém o vê, senhor. Mas já transmiti o recado e posso garantir que, assim que estiver disponível, ele virá diretamente aqui. O Imperador também poderia passar por cima das ordens de Xie, claro, mas já se recolheu à sua suíte palaciana e provavelmente está dormindo.

— O Imperador está comigo, tolo!

O líder do batalhão balançou a cabeça.

— Não, senhor. O Imperador chegou há algumas horas. O vi com meus próprios olhos. Havia boatos de que estivesse com o senhor, mas certamente foi apenas uma armação para confundir inimigos potenciais. Não há razão para continuar com a farsa, senhor.

— Homem tolo! — bradou Tonglong. — Encontre Wuya ou me deixe entrar. Agora!

— Senhor, não respondo ao senhor. Não tem qualquer autoridade sobre mim enquanto estou nos confins da Cidade Proibida.

— Então teremos que fazer alguma coisa a esse respeito, não teremos? — Tonglong derrubou a espada de jade e avançou em direção ao líder do batalhão, cruzando a entrada da Cidade Proibida.

Os olhos do líder do batalhão se arregalaram de surpresa e ele deu um passo para trás, mas Tonglong fechou o espaço entre eles com impressionante velocidade. Ele dobrou os braços e levantou os cotovelos diante do corpo, formando punhos com ambas as mãos. Em seguida, estendeu os indicadores e os apontou para o chão.

As mãos e antebraços de Tonglong agora pareciam exatamente como os antebraços e as garras de um louva-deus. Sua mão direita avançou na nuca do líder do batalhão, utilizando o punho de gancho para puxar o rosto do homem para ele. Ao mesmo tempo, o gancho esquerdo agarrou o queixo do sujeito.

Tonglong saltou para trás através dos portões da Cidade Proibida, arrastando o líder do batalhão manco consigo. Girou o queixo do homem com um movimento vil, e o pescoço do líder do batalhão foi quebrado. Tonglong jogou o corpo sem vida no chão. Todos os soldados do batalhão ergueram seus mosquetes mirando-os em Tonglong.

Tonglong pegou a espada de jade e olhou para as tropas.

— Puxarei *todos* vocês aqui, um por um, a não ser que alguém me traga Wuya neste instante. Eu...

— Batalhão do Portão da Frente, cessar! — interrompeu uma voz afiada do alto.

ShaoShu levantou o olhar para ver um homem com cabelos negros e um nariz bicudo caminhando confiante pelo topo do muro, com um largo lampião na mão. Tinha que ser Wuya. Era exatamente igual a um corvo.

A cabeça de Wuya desapareceu, e alguns momentos depois ele atravessou o portão principal e olhou para o líder do batalhão morto e em seguida para Tonglong.

— Ouvi parte da discussão enquanto me aproximava — disse Wuya. — Peço desculpas. Os homens estavam agindo sob ordens de outra pessoa. Estava cuidando de um assunto urgente. — Abaixou a voz, e ShaoShu se esforçou para escutar. — Acredito que vá achar que meu tempo foi bem gasto.

— Esse assunto envolve Xie e o Imperador? — sussurrou Tonglong.

— Envolve.

— O Imperador está aqui?

— Sabe muito bem que está. Vejo que trouxe uma espada para mim. Obrigado. Trouxe o caixote?

— Esta é *minha* espada de jade — disse Tonglong, a voz ainda pouco mais que um sussurro. — Você receberá a sua quando entregar os selos. Tenho documentos urgentes para preparar e distribuir. O caixote está aqui, mas não é assunto seu.

— Temo que o conteúdo do caixote é essencial para a localização dos selos — respondeu Wuya. — Peça a seus homens que o tragam pelo portão, e meus soldados o carregarão para dentro.

— Meus homens são mais do que qualificados para carregar o caixote.

— Não — disse Wuya, com a voz baixa. — Até nosso acordo ser concluído, seus homens ficarão do lado de fora do portão, todos eles. Os únicos soldados autorizados são os soldados da Cidade Proibida, que juraram proteção ao Imperador.

— Meus homens juraram proteção a *mim* — disse Tonglong. — Isso deveria significar alguma coisa para você, considerando nosso acordo até o momento. Não entrarei sozinho e não entrarei desarmado. Nem os meus homens.

Wuya hesitou, como se contemplasse alguma coisa. Suspirou de forma bastante audível para que ShaoShu ouvisse.

— Abrirei uma exceção dessa vez.

Wuya levantou a voz para que todos pudessem ouvir.

— Pode trazer quatro homens consigo trazendo o caixote. Não mais. Todos podem estar armados.

Tonglong assentiu.

— Bem-vindos à Cidade Proibida — disse Wuya.

ShaoShu assistiu enquanto Tonglong gritava ordens, e quatro soldados, cada um com um mosquete pendurado nas costas, pegavam o caixote que, ShaoShu sabia, continha o Imperador. Os homens seguiram Tonglong e Wuya pela entrada da Cidade Proibida e os enormes portões começaram a se fechar.

Não havia mais razão para ShaoShu se esconder. Precisava atualizar Ying. Com os olhos de todos ainda fixos no portão que se fechava, ShaoShu saiu de baixo do arbusto e voltou ao fosso.

Capítulo 25

Seh estava no convés do barco de Charles, ao luar, examinando a costa do canal à procura de sinais de movimentação. Não viu nada. Nem Charles, Hok, Malao ou até mesmo Fu, com sua extraordinária visão sob pouca luz.

— Tem certeza que *este* canal vai até a Cidade Proibida? — perguntou Seh. — Estamos nele há um bom tempo e não vimos nenhum sinal dos bandoleiros.

— Positivo — disse Charles. — Este é o canal que liga o fosso da Cidade Proibida ao rio Amarelo. É a principal rota pela qual os bens são transportados para a Cidade Proibida, de todo o país. Mal posso esperar para descarregar *nosso* equipamento lá. HukJee realmente colaborou.

— Pode dizer isso de novo — respondeu Seh olhando para os caixotes de madeira cheios de mosquetes, pistolas e munição, sem falar nos três pequenos canhões e nos numerosos barris de carvalho cheios de pólvora negra. — Vamos conseguir navegar até os portões?

— Não. Há pontes sobre o fosso sob as quais não poderemos navegar por causa da altura do meu mastro. Carregamentos normalmente são transferidos para carroças que são arrastadas por cavalos na primeira ponte. Contudo, aquela ponte fica ao alcance de tiro do portão principal.

— Você acha que vamos até a Cidade Proibida sem encontrar os bandoleiros? — perguntou Hok.

— É possível que tenham ido para a Cidade Proibida sem nós — disse Charles. — Ou talvez estejam atrasados no horário. Tenho certeza que hoje era a noite que deveríamos nos encontrar.

— Fico imaginando se Tonglong já chegou à Cidade Proibida — disse Seh. — Se tiver...

— Lá! — interrompeu Fu da proa. — Estou vendo uma ponte se aproximando e posso ver uma parede bem alta além.

— Estou vendo também! — disse Malao do topo do mastro, com a luneta de Charles nas mãos. — E lá está o portão principal. Há um monte de cavaleiros na frente dele.

— Bandoleiros? — perguntou Seh.

— Não — respondeu Malao. — Homens de Tonglong. Estão todos com uniforme vermelho. Espere, alguns deles estão entrando! Vamos estourá-los!

— Não tão depressa — Charles disse do leme. — Precisamos nos aproximar para termos alcance de tiro. Também precisamos ter certeza de que são homens de Tonglong e não os bandoleiros.

— São eles, sim — disse Fu. — A não ser que Mong, Hung, Sanfu, NgGung e Bing tenham feito 70 novos amigos, todos com cavalos e que gostam de usar vermelho.

— Está vendo tudo isso? — perguntou Charles. — Você não é humano, Fu.

Fu rosnou.

— Tem como ir mais rápido? — perguntou Hok.

— Isso é o melhor que podemos fazer — respondeu Charles. — Não podemos arriscar levantar mais vela neste canal relativamente estreito, e remar não fará nada além de provocar muito barulho. Eles nos enxergarão rápido demais. A não ser que queria virar...

— Nunca! — disse Fu. — Vamos lutar.

— Mong disse que os bandoleiros poderiam passar dias lutando contra os homens de Tonglong bem na frente dos portões da Cidade Proibida que o exército imperial não se envolveria — disse Charles. — Fizeram um juramento de não pisarem fora das paredes. Acha que é verdade?

— Só existe uma maneira de descobrir — respondeu Seh.

— Estão fechando o portão gigantesco! — gritou Malao. — Cinco dos homens de Tonglong entraram sem os cavalos. Quatro carregando um grande caixote.

— Malao — disse Charles —, a que distância acha que estamos deles?

— Baseando-me nos nossos tiros de treino no rio Amarelo, acho que Fu poderia acertá-los com um canhão.

— Ouviu isso, Fu? — perguntou Charles. — Todos, posições de batalha!

Fu permaneceu na proa e começou a carregar o canhão com pólvora negra e uma bola com o tamanho de um pêssego grande. Seh e Hok correram para a popa onde Hok acendeu diversos fusíveis lentos com um pedaço de pedra e aço enquanto Seh começou a carregar dois canhões um pouco menores do que os de Fu. Malao desceu pelo mastro, tirou diversas pistolas carregadas de um caixote de madeira no convés, colocou as pistolas atrás da faixa larga e subiu de volta.

Charles permaneceu no leme.

Hok deslizou para a frente do barco e entregou a Fu um pedaço aceso de fusível, em seguida correu para a popa e deu outro a Seh, que observou enquanto Hok voltava para o centro do barco e rapidamente carregava diversos mosquetes, deixando-os sobre o convés na frente dela. Empunhou um, e Charles disse:

— Malao, enrole a vela! Os outros, disparem ao comando!

Seh viu Malao correndo pelos aprestos, amarrando a vela principal com incrível velocidade e destreza. O navio desacelerou e Seh olhou para Fu.

Os olhos de Fu estavam fixos em um ponto na escuridão distante, e um grupo de soldados logo entrou no campo visual. Estavam diante de duas portas maiores do que qualquer outra que Seh já havia visto. Diversos cavaleiros começaram a apontar para o barco, e dois deles conduziram os cavalos, avançando em direção à embarcação de Charles.

Fu disparou.

O canhão explodiu com um tremendo *BUM!*, e o ar em torno de Fu foi coberto de fumaça. Felizmente, havia um pouco de brisa soprando pelo convés, e o ar ficou limpo quase imediatamente. Seh viu Fu colocar o fusível aceso entre os dentes e começar a recarregar o canhão.

Seh olhou na direção dos soldados e viu que o tiro de Fu havia atingido um dos homens que avançava, derrubando-o do cavalo. Aquele soldado não voltaria à batalha.

O cavaleiro remanescente continuou acelerando em direção ao barco, e Seh disse:

— Deixe comigo.

— Não — disse Hok. — Poupe seus canhões para atacantes múltiplos. Ele é meu.

Enquanto o cavaleiro se aproximava, ele sacou uma pistola das dobras da túnica e mirou o barco descontroladamente. Hok não o deixou disparar. Seh ouviu o *crack!* do mosquete no mesmo instante em que viu o soldado cair do cavalo, com um buraco entre os olhos.

— Uau! — disse Charles. — Lembre-me de nunca irritá-*la*.

— Você me ensinou bem — respondeu Hok.

— Uau! — gritou Malao, e Seh olhou para ver metade dos cavaleiros estimularem seus cavalos. Pelo menos 35 soldados avançaram na direção do barco.

— Lá vamos nós! — gritou Charles. — Agora não tem mais volta. Vou nos encalhar para que tenhamos uma plataforma mais estável para atirarmos. Esperem meu sinal, em seguida façam cada tiro valer!

Charles conduziu o barco para a costa e soltou o leme. Pegou um dos muitos mosquetes carregados que mantinha à mão e o empunhou.

Seh ouviu um barulho arranhado, e a proa do barco foi para a sujeira macia da costa. Quando o barco finalmente parou de balançar, os soldados estavam quase ao alcance dos tiros de pistola.

— Fogo! — gritou Charles.

Fu atirou primeiro. A explosão do seu canhão enviou um cavaleiro pelos ares, e antes que ele atingisse o chão Seh já havia disparado um tiro, assim como fizeram Hok, Charles e Malao.

Soldados começaram a gritar, e Fu rugiu de volta em fúria enquanto Seh mirava e disparava seu segundo canhão. Este ele havia carregado com metralha — centenas de bolas de chumbo do tamanho de uvas. Não podia acreditar no estrago provocado ao derrubar diversos soldados.

Hok, Malao e Charles continuaram atirando enquanto alguns cavaleiros respondiam ao fogo, em seguida Charles berrou:

— Cessar fogo!

A fumaça dissipou, e Seh viu que os cinco tinham obliterado os cavaleiros que os atacavam num piscar de olhos. Todos os soldados estavam caídos. Quem precisava de kung fu quando se tinha armas como aquelas?

— Outros estão vindo! — gritou Malao do alto do mastro, e Seh viu outro grupo de cavaleiros avançando para eles. O resto do bando havia se dividido, e quase 20 soldados vinham para cima deles com pistolas sacadas. Seh e Fu se atropelaram para recarregar os canhões.

A onda seguinte de soldados veio, mas eles não se aventuraram ao alcance do canhão cheio de metralhas de Seh, então ele não disparou. Viu com desânimo que não poderiam nem chegar perto de causar o mesmo dano sem seu canhão de curto alcance, porém mortal. Conseguiram derrubar dez ou 11 soldados, mas os outros permaneceram ilesos, disparando as próprias pistolas. Os tiros dos soldados ricocheteavam no barco, mas felizmente nem Seh nem os outros pareceram ser atingidos.

Os soldados recuaram após as pistolas terem sido usadas e se reagruparam, reunindo-se sobre os cavalos em um círculo fora do alcance das armas de fogo. Seh notou que todos eles tinham arcos e aljavas de flechas presas às laterais das selas.

— Estão todos bem? — perguntou Charles quando a fumaça diminuiu.

Surpreendentemente, todos responderam que sim.

Os ouvidos de Seh estavam apitando com o barulho, mas mesmo assim pensou estar ouvindo um barulho apressado, como o som de água correndo. Virou para o centro do convés, esperando ver um vazamento. Em vez disso, viu pólvora negra escorrendo de diversos buracos nos barris de carvalho. Nem ele nem os outros tinham sido atingidos porque nem todos os soldados estavam mirando neles. Alguns alvejaram a pilha de barris, claramente rotulados com grandes caracteres chineses: pólvora negra!

— Charles, olhe! — gritou Seh, apontando para a pólvora acumulando no convés.

— Há? — respondeu Charles. — Oh, não!

Os cavaleiros romperam o círculo e formaram uma linha, e Seh viu que cada um segurava um arco e três flechas em chamas.

— O que faremos? — perguntou Seh a Charles. — Jogar a pólvora para fora?

— Tarde demais — disse Charles.

O cavaleiro começou a avançar, e Charles gritou:

— Abandonar o navio!

— Nunca! — rugiu Fu.

Hok agarrou o pulso de Fu e o puxou para a popa do navio, que estava mais próxima da água mais funda. Seh observou-a mergulhando, seguida de borrifadas enormes de Charles e Fu. Seh ouviu um ganido agudo seguido de uma pequena pancada na água, pois Malao havia saltado de algum ponto alto dos aprestos.

Duas flechas em chamas passaram sobre a cabeça de Seh, e ele disparou os canhões em um ato final de desafio.

BUM!

BUM!

Diversos soldados foram arrancados dos cavalos, e Seh mergulhou na água gelada do canal. O choque o deixou sem fôlego, mesmo assim ele chutou e nadou embaixo da água até achar que os pulmões iriam estourar.

Então o barco de Charles explodiu.

A imensa onda de choque jogou Seh para cima da água, e ele conseguiu respirar fundo duas vezes antes de cair na água novamente. Pedaços de madeira carbonizada e ferro contorcido começaram a cair do céu, e ele mergulhou mais uma vez, mantendo-se imerso o máximo de tempo possível. Algo pesado bateu no braço dele ao afundar, e ele se afastou, lembrando-se da vez em que sua mãe quase o afogou. Detestava nadar.

Quando Seh ressurgiu, achou as coisas assustadoramente paradas. Não havia mais escombros caindo, e a água do canal balançava suavemente como resultado da explosão. Seus ouvidos apitavam ainda mais agora, e ele estava tonto por ter prendido a respiração por tanto tempo. Fora isso, parecia bem. Viu o casco em chamas do que restava do barco de Charles e tentou decidir para onde nadar. A costa oposta aos soldados parecia a escolha óbvia, mas então um barulho o fez olhar na direção do portão principal da Cidade Proibida. Mal podia acreditar nos próprios olhos e ouvidos. Os bandoleiros tinham chegado!

Mong, Hung, Sanfu, NgGung e Bing estavam montados em cavalos, acompanhados por um senhor magro, que Seh nunca tinha visto. Estavam literalmente andando em círculos ao redor dos soldados remanescentes. Enquanto os soldados montavam bons cavalos, os bandoleiros e o senhor estavam sobre animais ainda mais musculosos e lindamente proporcionais, com peles que praticamente brilhavam ao luar. Os bandoleiros atiraram em diversos soldados, e enquanto Seh começava a nadar em direção àquela costa viu o senhor puxar uma longa corda presa à sela.

Ainda em círculos ao redor dos soldados, o senhor jogou a corda sobre um dos homens de Tonglong e o puxou para o chão. O velho soltou a corda, e Sanfu saltou do cavalo. Correu até o sujeito e o amarrou.

O senhor pegou uma segunda corda e começou a girar um largo laço sobre a cabeça. Quando Seh chegou à costa, a corda estava em volta de outro soldado desmontado, e Bing se encontrava ao lado dele, amarrando-o como um açougueiro faria com um porco.

Enquanto o senhor puxava uma terceira corda da bolsa, Seh viu um grupo de homens correndo a pé pela escuridão em direção aos bandoleiros e os cavaleiros de Tonglong. Felizmente, reconhecia a maioria dos recém-chegados, pois os tinha treinado no acampamento dos bandoleiros. Estavam do lado deles. Utilizavam as lanças e as espadas de forma admirável, despachando qualquer soldado que não se rendesse por bem.

Seh impulsionou o corpo para a margem e deitou-se, exausto. Olhou em volta, procurando pelos outros, e os viu juntos na costa. Acenou, e eles retribuíram o aceno.

Seh sorriu aliviado. Pareciam estar bem. Olhou novamente na direção dos bandoleiros e viu NgGung se aproximando do alto de um cavalo espetacular. Seh achou que estava sentindo o chão começar a vibrar e comparou o que sentiu ao ritmo dos cascos do cavalo. Não combinavam.

NgGung saltou da sela e correu para Seh. O cavalo havia parado, mas as vibrações continuavam.

— Você está bem? — perguntou NgGung.

— Pensei que estivesse — respondeu Seh. — Mas agora não tenho tanta certeza. Sinta o chão. Estou imaginando coisas?

NgGung ajoelhou-se e apoiou a mão na costa suave. Franziu o cenho e correu diversos passos para longe da água, em direção ao solo mais firme e seco, colocando o ouvido na terra.

— O que é? — perguntou Seh. — Um terremoto?

NgGung levantou a cabeça, e Seh viu que seu rosto estava absurdamente pálido ao luar.

— Não. É um exército.

Capítulo 26

Long estava dentro da suíte do Imperador, espiando por uma das janelas os arredores iluminados pelo luar. O palácio do Imperador era uma das estruturas mais altas da Cidade Proibida, e a suíte se situava no topo. Proporcionava uma visão clara de quase todo o complexo.

Ao lado de Long, Xie olhava através de uma segunda janela, e Ying de uma terceira. Como Wuya tinha dito, havia soldados posicionados em todos os cantos, inclusive no telhado abaixo das janelas. Long podia ver as sombras ao luar.

Long se sentiu traído por Wuya. Não podia sequer imaginar como Xie estaria se sentindo.

Juntos, Long e Xie assistiram a Wuya e Tonglong avançarem por portões após portões no caminho em direção ao palácio do Imperador. Com eles havia quatro soldados de Tonglong em vermelho, cada um carregando uma ponta de um grande caixote. Long lembrou-se em voz alta de Hok dizendo que tinha visto o Imperador sendo colocado em um caixote, e Ying acrescentou que ShaoShu havia contado uma história semelhante. Long não conseguia imaginar ninguém sendo enjaulado daquela forma, *principalmente* o Imperador.

Fora da Cidade Proibida também havia atividade. Todos os três tinham visto alguma coisa que se parecia com vaga-lumes perto do canal ao longe; flashes de canos de mosquetes ou pistolas. Também viram chamas de explosões de canhões e ouviram os claros *bums*.

Parecia provável que os homens de Tonglong estivessem lutando contra um de seus inimigos, mas Long não sabia qual. Presumiu que fossem os bandoleiros, porque era um ataque em menor escala, e esperava descobrir se Wuya e Tonglong estariam vindo até eles. Wuya havia se comunicado com muitos soldados diferentes enquanto caminhavam, e certamente sabiam o que estava acontecendo. O que quer que fosse, pouco interessava a Wuya ou Tonglong, que estavam na segurança da Cidade Proibida, caminhando na direção do palácio.

De repente, houve uma enorme explosão no campo de batalha. Uma enorme bola de fogo se ergueu no céu, e Tonglong e Wuya se viraram para assistir por um instante. Sob o luar, Long podia ver que Tonglong ria sem parar. Wuya não pareceu reagir de nenhuma forma. Apenas voltou-se novamente para o palácio e continuou andando.

— Xie — disse Long. — O que você acha que Wuya e Tonglong estão tramando?

— Parece claro que Wuya vendeu a si mesmo e sua lealdade a Tonglong — respondeu Xie.

— Sim — disse Long —, mas por que manter o Imperador vivo? Por que Tonglong simplesmente não toma o trono?

— Poderia ter feito isso com o seu exército em um ataque direto à Cidade Proibida, mas em uma dominação política tal qual a que Tonglong está tentando aqui deve haver documentação substancial. Suspeito que estejam mantendo o Imperador vivo porque Tonglong precisa dos selos imperiais. O Imperador os mantém escondidos, e só ele conhece o esconderijo.

— Tonglong simplesmente não poderia fazer novos selos? — perguntou Ying.

— Poderia, mas para isso teria que encontrar um fabricante mestre de selos e em seguida passar meses esperando para que todos fossem copiados de documentos previamente selados. Tonglong não parece ser um homem muito paciente.

— Você não faz ideia do quão impaciente e obsessivo ele pode ser — disse Ying. — Xie, você é o guarda-costas pessoal do Imperador. Onde acha que ele guarda os selos?

— Meu palpite seria em algum lugar neste quarto.

— O quê? — disse Ying, afastando-se da janela.

— Isso significa que Tonglong e Wuya provavelmente estão vindo para cá agora! Precisamos nos preparar.

— Não há por que se preparar — disse Xie. — Teremos que encarar as coisas como elas ocorrerem. Se uma oportunidade de luta se apresentar, lutaremos. Contudo, é muito improvável. Há 3 mil soldados da Cidade Proibida aí, e todos obedecem a Wuya. Não podemos lutar contra eles. Além disso, Wuya nunca irá se apresentar como alvo. Ele anda com duas pistolas com dois tiros cada. São da melhor qualidade, e ele é o melhor atirador da China. Como você acha que ele se tornou chefe de segurança?

— Vou correr o risco — disse Ying, olhando em volta. — Passei algum tempo em um dos presídios do Imperador. Jamais voltarei. A morte é preferível. — Os olhos dele se fixaram na porta principal da suíte, e ele correu para ela, em seguida passou os dedos na parede em volta. Aqui, a parede era feita de pequenos tijolos decorativos. Ying tirou os sapatos e Long viu que as unhas dos dedos dos pés dele eram extraordinariamente compridas, assim como as unhas dos dedos das mãos.

Ying enfiou os dedos dos pés e das mãos em espaços entre os tijolos e começou a escalar. Posicionou-se acima da porta, segurando firme como uma águia se prendendo ao lado do ninho. Long olhou novamente pela janela e viu que Wuya e Tonglong haviam desaparecido. Alguns instantes depois, Long ouviu conversas do outro lado da porta. Pessoas se aproximavam. Ouviu Wuya dizer:

— Estamos prestes a entrar na suíte privada do Imperador. Acredito que os selos estejam escondidos aqui. Aí dentro também encontrará as surpresas que mencionei antes. Prepare-se.

Alguém colocou uma chave na fechadura, e Long recuou da porta. Ela foi aberta, e Wuya entrou com Tonglong e os quatro soldados carregando o grande caixote arruinado, que fedia a porcos sem cuidados. No corredor havia diversos soldados da Cidade Proibida montando guarda.

Tonglong viu Long e Xie, e riu.

— Inacreditável! Aqui estão os dois indivíduos mais procurados da minha lista criminal, me esperando nos meus novos aposentos. Wuya, talvez eu lhe deixe executar Xie. Seria adequado você tomar o título dele como novo Caudilho do Oeste removendo a cabeça dele com uma espada de jade. A pedra é surpreendentemente afiada.

— Pagará por isso, Wuya! — disse Xie. — Se não nesta vida, na próxima.

Wuya deu de ombros e um passo atrás na entrada.

Long viu movimento com o canto do olho e notou que Tonglong estava ajustando a longa trança sobre o ombro da armadura de jade branca.

Ying deve ter notado também, porque, enquanto Tonglong estava ocupado, ele atacou. Ying soltou a garra da parede e voou pelo ar em direção a Tonglong com os braços levantados para trás em uma pose clássica de kung fu estilo águia. No entanto, Tonglong olhou para cima naquele instante e se desviou. Ying não atingiu Tonglong e aterrissou com um barulho sobre um lado do caixote de madeira. A incrível força da aterrissagem pesada fez com que os quatro soldados soltassem o caixote, que caiu sobre o chão duro de madeira, desfazendo-se em centenas de pedaços. Um cheiro horrível invadiu o quarto.

Ying rolou para longe, balançando a cabeça como se estivesse tonto, e Long viu um homem deitado nos restos do lado oposto do caixote de onde Ying havia quebrado. O homem parecia semimorto. O rosto estava pálido e coberto por uma barba emaranhada, e suas roupas eram pouco mais do que farrapos extremamente sujos. Ele viu Xie e lutou para se sentar.

— Imperador! — gritou Xie, que correu para o homem esfarrapado, e dois dos soldados de Tonglong agiram. Atacaram Xie, um em cima e outro embaixo.

Xie saltou sobre o mais baixo, mas o soldado que o atacou pelo alto atingiu-o no externo com o ombro. A colisão acabou em um impasse, com ambos os homens caindo de joelhos. O soldado tinha uma pistola em uma das mãos e deu uma coronhada na cabeça de Xie.

O impacto fez a pistola disparar, o recuo atingindo a cabeça de Xie uma segunda vez.

Xie caiu inconsciente.

Long podia ver o outro soldado levantando a pistola na direção de Xie quando o próprio soldado levou um tiro. Um instante depois o homem que havia derrubado Xie foi morto, assim como os dois soldados remanescentes de Tonglong. Long olhou para a entrada e viu Wuya segurando duas pistolas grandes. Ambos os canos soltavam fumaça. Wuya deu uma piscadela para Long.

Tonglong rugiu e apontou para Wuya.

— Você me fez de tolo! O tempo todo seu jogo foi para trazer o Imperador de volta vivo, não foi?

Wuya sorriu. Tonglong berrou. Ergueu a espada branca de jade e pulou até o Imperador.

Long também pulou, chegando mais perto do Imperador do que Tonglong, puxou o líder maltrapilho do chão. Tonglong tentou girar e ajustar o golpe para baixo, mas não conseguiu compensar o suficiente. A espada errou por um palmo. Tonglong virou a cabeça, e ao mesmo tempo Long viu Ying puxar a espada do Grão-mestre da faixa e mergulhar de forma imprudente em direção a eles.

Com o canto do olho Long notou a ponta da trança de Tonglong girando na direção do Imperador. Ying esticou o braço, agarrou a ponta amarrada e, em seguida, gritou. Atacou a trança com a espada do Grão-mestre, cortando-a perto da cabeça de Tonglong. O resto do cabelo de Tonglong entornou como água negra.

Ying praguejou, e Long viu que ele continuava segurando a ponta da trança. Estava presa à mão dele por uma série de espetos metálicos ocultos no cabelo. Ying puxou a massa emaranhada e arrancou de sua palma. Jogou-a pelo quarto, cambaleou e em seguida caiu. Tonglong gargalhou.

— Um pequeno truque da minha querida mãe, An-Gangseh. Esses espinhos carregam seu veneno preferido.

Ying lutou para se levantar, e Long correu para o lado dele.

— O que está fazendo? — sussurrou Long. — Pare de se mexer. Diminua seu ritmo cardíaco. Vou encontrar um antídoto.

Ying balançou a cabeça.

— Não há antídoto para o que fiz. Termine minha luta, Long. A China conta com você. — Colocou a espada na mão esquerda de Long e tirou o chicote de corrente extralonga do bolso da manga e o pôs na mão direita de Long. — *Águia Volta Para Casa...* Lembra?

— Da manobra do chicote de corrente? Lembro.

— Ataque o lado esquerdo de Tonglong com isso. Use a espada do nosso avô para distrair o direito.

Long sentiu o coração aquecer, feliz por Ying saber de sua conexão.

Ying se sentou de repente e empurrou Long de lado com força surpreendente. Levantou-se e meio tropeçou, meio atacou Tonglong.

— Não! — gritou Long, tentando puxar a túnica de Ying, mas errou.

Ying se jogou para cima de Tonglong, atacando seu rosto com um perfeito punho de garra de águia com cinco unhas afiadas. Surpreso, Tonglong reagiu com um simples golpe, enfiando a espada de jade branca na barriga de Ying, que poderia ter se desviado para o lado com facilidade, mas não o fez. Em vez disso, permitiu que a lâmina de jade penetrasse profundamente o seu abdômen enquanto concluía seu golpe.

Long viu as unhas de Ying se enterrarem no olho esquerdo de Tonglong, que gritou e recuou, e Ying caiu no chão em uma piscina de sangue, a espada de jade branca enterrada nele.

Long sibilou como um dragão e avançou para Tonglong, que cerrou o olho bom remanescente para Long e tentou pegar o cabo da espada de jade no tronco de Ying. Foi lento demais.

Long ergueu a espada do Grão-mestre com a mão esquerda e lançou o braço direito com toda a força desenrolando o chicote de corrente, enviando a ponta afiada ao lado esquerdo de Tonglong.

Tonglong desviou para a direita, evitando a ponta do chicote de corrente, e Long enfiou a espada do Grão-mestre no lado direito de Tonglong, que jogou a cabeça para a esquerda para evitar a espada, e Long puxou o braço direito para trás, trazendo a ponta pesada do chicote de corrente em sua direção.

A combinação que Ying havia sugerido funcionou perfeitamente. A ponta afiada do chicote de corrente continuou o caminho de volta para Tonglong — a águia voando de volta para casa — e se enterrou na nuca dele pelo lado esquerdo cego.

Tonglong caiu como uma pedra, para nunca mais se levantar.

Capítulo 27

Long deixou suas armas caírem no chão e correu para Ying, que mal respirava. Havia sangue por todos os lados. Long se esticou, passando os dedos nos entalhes do rosto esculpido de Ying.

Ying abriu os olhos.

— Acabou? — perguntou a voz pouco mais que um sussurro.

— Sim — respondeu Long. — Você conseguiu.

Ying balançou a cabeça lentamente.

— *Nós* conseguimos, primo. — Desviou o olhar para o Imperador, que continuava no chão ao lado. Seus olhares se encontraram, e Ying sorriu.

— O que foi? — perguntou o Imperador.

— Você é um novo homem — disse Ying. — Dá para perceber, pois eu também mudei. É bom, não é?

O Imperador assentiu.

— Certamente, jovem águia.

— O nome dele é Saulong, Dragão Vingativo — disse Long. — Não é?

— De fato — respondeu Ying, ainda sorrindo.

O Imperador curvou a cabeça para Ying.

— Ofereço-lhe minha mais profunda gratidão, jovem dragão. Toda essa experiência me deixou mais humilde, mas principalmente suas ações altruístas. Seu nome não será esquecido.

— Isso é tudo que alguém pode querer — disse Ying, o sorriso de alguma forma se tornando ainda mais forte, e fechou os olhos.

Long agarrou a mão de Ying e sentiu uma onda de energia em seu *dan tien* enquanto o espírito de Ying o deixava. Long abaixou a cabeça enquanto a mão de Ying esfriava na dele.

— Parece que também lhe devo minha mais profunda gratidão — disse o Imperador a Long.

— Fiz o que tinha que ser feito — respondeu Long. — Estou feliz por ter acabado.

Wuya entrou e colocou o braço em volta do Imperador, ajudando-o a se levantar.

— Vamos torcer para que seja o fim — disse Wuya. — Precisamos descobrir o que aconteceu fora dos portões.

Xie resmungou, e Long olhou para vê-lo se levantar cambaleando, esfregando a cabeça.

— Você está vivo! — disse Wuya. — Às vezes é uma bênção ter uma cabeça dura, velho amigo.

Xie olhou para os buracos nos soldados de Tonglong e se voltou para Wuya.

— Você fez isso?

Wuya assentiu.

— Peço desculpa por tê-lo enganado, mas a segurança do Imperador é minha prioridade jurada. Precisava fazer tudo em meu poder para isolá-lo e mantê-lo vivo, e não sabia ao certo em quem podia confiar. Colocaria minha própria vida em suas mãos, é claro, mas, Long, ele é do Templo Cangzhen. Você sabe da história conturbada entre o Grão-mestre e o Imperador. Mas depois do que acabei de testemunhar está claro de que lado Long está.

Xie assentiu.

Long estava prestes a falar quando pensou ter ouvido alguém chorando suavemente. Olhou para a passagem secreta e viu que ShaoShu estava ali dentro. O menininho estava ensopado.

— Ratinho! — disse Long. Correndo para ele. — O que está fazendo aqui?

ShaoShu fungou, com o peito estufando.

— Eu... eu... vim dizer a Ying que Tonglong estava aqui. Os dois estão mortos, não estão?

Long colocou as mãos nos ombros de ShaoShu.

— Temo que sim.

As lágrimas começaram a cair mais rapidamente dos olhos de ShaoShu.

— Ying e Hok foram os primeiros amigos que tive. Vou sentir falta dele.

— Eu também — disse Long. — Eu também.

O Imperador se aproximou, apoiado em Wuya.

— Olá, ShaoShu — disse ele. — Sabe quem eu sou? ShaoShu assentiu.

— Você é o Imperador.

— Isso mesmo — respondeu o Imperador. — Quero agradecer a você por tudo que fez por mim enquanto eu estava preso.

ShaoShu limpou os olhos e deu de ombros.

— De nada.

— Acabei de ouvi-lo dizer que veio aqui com Ying. Tem para onde ir?

ShaoShu balançou a cabeça.

— Por que não fica aqui? — disse o Imperador. — A Cidade Proibida pode ser um lugar divertido para um menino.

Os olhos de ShaoShu se arregalaram e ele limpou o nariz na manga.

— Sério?

— Sério.

Wuya se ajoelhou e entregou a ShaoShu um lenço que tinha na faixa.

— Olá, Ratinho. Meu nome é Wuya e sou o chefe de segurança aqui na Cidade Proibida. Minha posição não me permite casar, mas sempre quis um filho. Você pode ficar na minha casa. Moro à frente do quintal do Imperador. Tenho até um quarto extra.

Long viu os olhos de ShaoShu se acenderem.

— Nunca tive meu próprio quarto — disse ShaoShu.

Wuya se levantou.

— Então está combinado.

— Você vai gostar daqui, ShaoShu — disse Xie do outro lado do quarto. — Confie em mim. Agora...

Xie congelou, e Long viu que ele estava olhando pela janela.

— Não acredito! — disse Xie.

Long correu para a janela e olhou para o alvorecer cinza. Havia grandes fogueiras queimando nos muros da Cidade Proibida.

— Sinais de fogo? — perguntou.

— Sim — respondeu Xie. — Minhas tropas chegaram. Ou alguns deles, pelo menos. Meus exércitos montados do Leste já poderiam ter chegado. Vamos sentir a vibração dos cascos dos cavalos em breve. Se estivéssemos no nível do chão, já estaríamos sentindo.

— Será que bastarão para derrotar o exército de Tonglong? — perguntou Long. — Quero dizer, a imensa força dele que vem em nossa direção.

— Acho que não precisamos mais temer o exército de Tonglong — disse Xie. — O que você acha, Wuya?

Wuya balançou a cabeça.

— Pelo que aprendi me comunicando com os homens de Tonglong, ele não tinha um segundo em comando, o que faz sentido se considerarmos que ele era o segundo em comando de Ying, e acabou o traindo.

Tonglong, provavelmente, jamais confiaria em alguém como seu segundo, então ele, sem dúvida, tinha várias pessoas desempenhando esse papel.

— E o Comandante Woo? — perguntou Long.

Wuya balançou a cabeça.

— Soube que uma vez o Comandante Woo quebrou a própria perna enquanto tentava imitar um chute que viu em um pergaminho do dragão. Não representa ameaça. Soube que ele é apenas capaz de cumprir ordens, no máximo.

— E o Caudilho do Leste? — perguntou Long. — Não continua liderando o exército principal de Tonglong?

O Imperador riu.

— O Caudilho do Leste só tem interesse em uma vida de luxo. Não tem interesse em conquista. Tonglong o ameaçou com uma arma para forçá-lo a se juntar à tentativa de golpe. Sempre seguirá a saída mais fácil, que será a que vou oferecer a ele. Vai obedecer.

— O que acontecerá com o exército de Tonglong? — perguntou Long.

— Darei início ao processo de dissolvê-lo imediatamente — disse o Imperador, assumindo o controle. — Tenho certeza de que a maioria dos novos recrutas estará voltando para casa até o fim da semana. Agora, no entanto, precisamos da história completa.

O Imperador voltou-se para Wuya.

— Vá reunir o máximo possível de informações. Encontre-me no salão de banquetes para um relatório completo em três horas. Traga quantos conselheiros julgar necessário e leve ShaoShu com você. Ele provavelmente tem informações úteis do tempo que passou com Tonglong e ajudará bastante. Além disso, agora ele está sob os seus cuidados.

— Sim, Alteza! — Wuya fez uma reverência.

— Xie — disse o Imperador. — Preciso de proteção até conhecermos a natureza completa da nossa situação. Sei que é o Caudilho do Oeste, mas, por enquanto, pode ser meu guarda-costas pessoal?

Xie se curvou.

— Claro, Alteza.

O Imperador olhou para Long.

— Muito me agradaria se você se juntasse a nós para o relatório também. Até lá, prometo que cuidaremos do corpo do seu primo. Wuya pode levá-lo ao salão do banquete ao sair. Se precisar de alguma coisa, apenas peça aos soldados do lado de fora do quarto.

— Obrigado, Alteza — respondeu Long, com uma reverência.

— Bem — disse o Imperador, tocando a barba imunda, que ainda fedia do caixote de porco. — Agora que as coisas estão acontecendo, é hora de cuidar dos itens mais importantes. — Bateu palmas duas vezes e os serviçais correram para a suíte. — Preparem-me um banho — ordenou — e digam aos chefs para prepararem um banquete de meio de manhã com todos os meus pratos preferidos. Mas sem carne suína.

Capítulo 28

Três horas depois, Long estava sentado sozinho a uma enorme mesa retangular dentro do belo salão de banquetes do Imperador. O sol havia subido, e a luz se projetava de mil superfícies douradas, lançando estranhas sombras no chão ornamentado. As sombras o faziam se lembrar das piscinas escuras de sangue que cercaram Ying. Ao menos Ying morrera feliz.

Long concluiu que estava feliz também, de certa forma. Seu avô havia pedido que ele e seus irmãos de templo mudassem o coração do Imperador, assim como o de Ying. Isso tinha sido realizado.

A porta do salão de banquete se abriu e Long levantou o olhar para ver Xie entrando com o Imperador. Assim como Long, Xie parecia cansado e esgotado pela batalha, a pele e as roupas uma bagunça. O Imperador, por outro lado, parecia um novo homem. Tinha feito a barba, e alguém havia cortado seu cabelo. Vestia agora brilhantes roupas amarelas e, apesar das bochechas descoradas e da pele pálida, parecia exatamente o líder distinto que era.

Long se levantou e fez uma reverência, e o Imperador atravessou o salão para sentar-se em um trono na cabeceira da mesa. Xie se sentou à direita do Imperador. Long permaneceu onde estava, próximo ao centro da mesa. Sentou-se novamente, após um aceno de cabeça de Xie.

O Imperador bateu duas palmas, e Wuya entrou acompanhado de três soldados da Cidade Proibida. Cada soldado trazia uma espada de jade branca, e os quatro homens se ajoelharam, curvando-se.

— Levantem-se — disse o Imperador.

Os homens se levantaram e os três soldados assumiram posição ao lado da entrada.

Wuya se dirigiu ao Imperador:

— Em um esforço de oferecer o relatório mais completo possível, convidei diversos "conselheiros" para se juntarem a nós. Espero que não seja muito, Alteza.

— Veremos — respondeu o Imperador.

Wuya colocou a cabeça pela entrada, e ShaoShu entrou primeiro. Fez uma rápida reverência e disse:

— Oi! Mal posso esperar para que conheça meus amigos.

O Imperador gargalhou.

— Claro, ShaoShu. Entrem.

Fu, Malao, Seh, Hok e Charles entraram em seguida, como um grupo. Long deu um sorriso largo.

— Permita-me apresentar três jovens rapazes e uma jovem moça do Templo Cangzhen — disse Wuya —, junto com seu amigo holandês, Charles. Da esquerda para a direita, os jovens monges são Fu, Malao, Seh e Hok.

Os membros do grupo se curvaram harmoniosamente, e o Imperador acenou com a cabeça para eles.

— Saudações, jovens. Tenho algumas coisas a lhes dizer, mas ainda não. Por favor, sentem-se ao lado de Long.

Sentaram-se à mesa dos dois lados de Long.

Wuya voltou-se novamente para a porta, e Mong, Hung, Sanfu, NgGung e Bing entraram no salão. Um soldado de aparência séria com um uniforme de seda preto e marrom veio atrás. O grupo se curvou como um.

— Podem se sentar — disse o Imperador, gesticulando para as magníficas cadeiras vazias diante de Long e dos outros.

O grupo de bandoleiros sentou-se, e o Imperador olhou para o soldado.

— Você é o General Zo do exército de Xie, não é?

O homem se levantou.

— Sim, Alteza.

— Faça seu relatório.

— Não há muito o que relatar, Vossa Eminência. Minhas legiões do Leste e eu estávamos patrulhando quando Xie ordenou que viéssemos aqui para lidar com Tonglong e seu exército de recrutas. Talvez tenham sentido a terra tremer enquanto nos aproximávamos. Há 10 mil de nós, e todos montamos Cavalos Divinos. Poderíamos facilmente dispensar 50 mil soldados treinados a pé, quanto mais um exército novo como o de Tonglong.

— Fico feliz em tê-lo do meu lado — disse o Imperador. — Quanto tempo você e seus homens podem ficar?

— Até quando puder nos alimentar, Alteza.

— Excelente. Por favor, sente-se.

O general sentou-se, e o Imperador olhou para Mong. O líder dos bandoleiros se levantou.

— Apesar de nem sempre termos estado do mesmo lado — disse o Imperador —, necessito de grandes homens no meu exército. Pelo que vi ao longo dos anos, você é um grande homem. Como sabe, recentemente Tonglong havia se tornado o Caudilho do Sul. Estaria disposto a assumir o papel?

Mong sorriu.

— Obrigado, Vossa Eminência. Devo dizer, é a última coisa que esperava ouvir. Seria uma honra.

O Imperador assentiu e voltou-se para Wuya.

— Vejo que encontrou as espadas de jade branca.

— Sim, Alteza — respondeu Wuya, levantando-se. — Duas foram encontradas na sela do cavalo que Tonglong montou até aqui. A terceira é a que Tonglong trazia. A armadura estava precisando de uma limpeza completa.

— Traga-me as espadas.

— Como queira, Alteza — disse Wuya, e gesticulou para os soldados ao lado da porta. Eles se aproximaram do Imperador.

O Imperador se levantou e pegou uma das espadas. Entregou-a para Mong.

— Leve isto como prova do seu status como novo Caudilho do Sul e do seu compromisso comigo.

Mong se aproximou do Imperador, curvou-se e tomou a espada.

O Imperador entregou uma segunda espada para Xie, que se levantou.

— Pegue isto, camarada, como prova de seu status como novo Caudilho do Oeste e de seu compromisso comigo.

Xie se inclinou e aceitou a espada.

— Podem sentar-se — disse o Imperador, e Mong e Xie se sentaram, assim como Wuya.

Os três soldados voltaram para as laterais da porta.

O Imperador agarrou a terceira espada de jade branca e a levantou. Long pôde perceber pela estampa da jade que tinha sido a espada utilizada por Tonglong contra Ying.

— Eu sou o Caudilho do Norte — anunciou o Imperador. — Usarei esta espada como símbolo deste papel. Esta é também a espada que tirou a vida de um corajoso jovem chamado Saulong, mais conhecido por muitos de vocês como Ying. Que seja um constante lembrete a todos do maior dos sacrifícios que ele fez salvando a minha vida.

Alguns dos bandoleiros vibraram, e o Imperador prosseguiu, abaixando a arma cerimonial:

— Na verdade, há quatro espadas de jade branca. Vi Tonglong com elas no Clube da Luta de Xangai. Algum de vocês sabe o que aconteceu com a última? Acredito que Tonglong possa tê-la dado ao Caudilho do Leste.

— Também acho que deu — disse ShaoShu. — Quando eu estava em Xangai, vi o Caudilho do Leste carregando uma.

— Muito bem — disse o Imperador. — Vou verificar. Faz sentido que ele tenha uma. Agora — e voltou-se para Long e os outros monges guerreiros de Cangzhen —, há alguns meses, a maioria dos templos de kung fu da nossa grande nação foram destruídos como resultado da paranoia posta em minha mente por Tonglong e pelo falecido General Tsung, o Monge Leopardo. Eles me convenceram de que esses poderosos centros de proeza de guerreiros representavam uma ameaça a mim, e por isso aprovei sua destruição. Agora descubro que devo a minha vida a um grupo de monges guerreiros muito especiais. Quero honrá-los pelo que fizeram a mim pessoalmente e, principalmente, pelo que fizeram por toda a China.

O Imperador fez uma pausa e olhou para os jovens heróis diante dele.

— Fu, Malao, Seh, Hok e Long, pelas contribuições que deram à historia da China, e pelas contribuições que, imagino, darão no futuro, eu agora os nomeio os Cinco Ancestrais. Seus nomes se tornarão lendas. Levantem-se.

Os cinco se levantaram e fizeram uma reverência. Apesar de si, Long sentiu seu rosto ruborizar com orgulho. Olhou para os outros e viu o mesmo brilho opaco em suas faces.

— Da mesma forma — disse o Imperador —, o nome de seu irmão de templo, Ying, continuará vivendo. Longa vida à memória de Saulong, o Dragão Vingativo! — Novamente levantou sua espada de jade branca, e a sala explodiu em vibração.

A mesa ficou em silêncio, e o Imperador disse:

— Digam-me, jovens monges guerreiros, o que planejam fazer em seguida? Comecemos com você, Fu.

Fu deu de ombros e olhou para Sanfu.

— Não sei, senhor, mas, o que quer que seja, farei com meu pai.

Sanfu alegrou-se.

— Muito bem — disse o Imperador. — E você, Seh?

— Minha resposta é a mesma de Fu — respondeu Seh. — Seguirei meu pai, Mong. Suponho que tenhamos que nos mudar para Hangzhou por causa do seu novo título. Estou ansioso por isso. Nunca estive lá.

Mong acenou sua apreciação para Seh, e o Imperador voltou-se para Hok, indicando que ela falasse.

Hok olhou para a mãe.

— Ficarei com minha mãe, Bing. Eu e ela já discutimos o que gostaríamos de fazer em seguida: nos reunirmos com meu pai, Henrik, um capitão marinho holandês. Minha irmã, GongJee, irá nos acompanhar.

— Hei, posso ir junto?— perguntou Malao. — *Amo* barcos!

Hok olhou para Bing, que sorriu.

— Se quiser, Malao. Acredito que Charles possa estar procurando um primeiro companheiro, quando conseguirmos um novo barco para ele.

— Oh! — disse Malao, voltando-se para Charles. — Acha que eu seria bom o suficiente?

Charles riu.

— Você tem potencial.

Malao bateu palmas, animado.

O Imperador voltou-se para Long.

— E você, jovem dragão?

Long sabia exatamente o que planejava fazer em seguida, mas não estava interessado em compartilhar com ninguém.

— Não sei.

O sorriso do Imperador se alargou.

— Tenho uma proposta para você. Quando as coisas se estabilizarem, Xie vai para Tunhuang. Precisarei de um novo guarda-costas pessoal. Como Grande Campeão do Clube da Luta, você seria a escolha perfeita. Sem falar que sua dedicação e lealdade são inquestionáveis.

— Obrigado pela oferta generosa, Vossa Eminência — disse Long —, mas temo que deva recusar.

O Imperador pareceu surpreso.

— O quê? Saiba que é preciso ser um homem de coragem para recusar o Imperador.

Long não queria ofendê-lo. Decidiu que seria melhor responder a pergunta.

— Planejo ir para o Templo Cangzhen.

— Sério? — interrompeu ShaoShu. — Estive lá recentemente. Não sobrou quase nada. Tudo foi queimado.

— Exatamente — respondeu Long. — Vou reconstruí-lo.

Ouviu-se um murmúrio de agrado ao longo da mesa, e Wuya disse:

— Perdoe-me, Alteza, mas Tonglong roubou uma fortuna da família de Ying, quero dizer, Saulong. Ele deu boa parte desse tesouro para mim, acreditando estar comprando meu apoio. Como Saulong e Long são primos, esse tesouro é, de direito, de Long.

Long balançou a cabeça.

— A mãe de Saulong, minha tia, continua muito viva. O tesouro pertence a ela.

O Imperador coçou o queixo recém-barbeado.

— Você precisará financiar a reconstrução de alguma forma, Long. Deixe-me ajudar. É o mínimo que devo fazer.

Long pensou. Lembrou-se da encrenca em que o avô havia se metido aceitando dinheiro do Imperador. Por outro lado, provavelmente, jamais conseguiria levantar o suficiente sozinho, e não tinha nada.

— Obrigado pela oferta generosa — disse. — Posso pensar a respeito? Frequentemente, nós dragões gostamos de fazer as coisas do nosso jeito, ainda que isso dificulte a nossa vida.

— Claro — disse o Imperador. — Leve o tempo que precisar. Agora, quem está pronto para uma celebração?

O Imperador bateu duas palmas e os serviçais começaram a entrar no salão de banquete conduzindo bandejas e mais bandejas de comida bem-elaborada. Malao e Fu se entreolharam com largos sorrisos, e Shao-Shu sorriu de prazer.

— Espero que não estejam servindo Ganso Gorduroso! — disse Malao.

Fu enrubesceu, e Sanfu riu.

— Vejo que isso também o incomoda, filho. Não se envergonhe por isso. Se Malao continuar chateando, me avise e sentaremos um de cada lado dele com espetos de Ganso Gorduroso nas mãos. Seus pés fedidos de kung fu não terão como nos vencer.

Os bandoleiros e os jovens monges começaram a rir e a conversar entre si. Todos, exceto Long. Ele se levantou de repente, sentindo como se as paredes estivessem se fechando ao seu redor. Curvou-se ao Imperador e se aproximou do trono.

— Perdoe-me, Alteza, mas um pouco de ar puro me faria bem.

— Certamente — disse o Imperador. — Wuya pode levá-lo até o pátio. É um belo dia de inverno.

— Se o senhor não se importar, Vossa Eminência, preferia ir sozinho.

— Como quiser.

Long se curvou novamente e saiu do salão. Contudo, em vez de ir para o pátio, foi direto para a suíte do Imperador. Ninguém o conteve.

Long piscou ao entrar sozinho no quarto onde há apenas três horas sua vida tinha mudado para sempre. Os corpos de Ying e Tonglong haviam sido retirados, e o chão, limpo. Tudo o que restava eram algumas pequenas poças que logo secariam e desapareceriam. Quase como se nada tivesse acontecido no local.

Quase.

No canto de trás do quarto, Long viu o chicote de corrente de Ying e a espada do avô sobre uma mesa ornamentada. Foi até ela e pegou os itens. Não sabia ao certo como se sentia em relação a alguém separando esses itens do corpo de Ying, mas pelo menos as armas tinham sido tratadas com o mais profundo respeito. Ambas foram cuidadosamente limpas e secas, e alguém até havia passado uma fina camada de óleo brilhante sobre a lâmina para ajudar a protegê-la contra a ferrugem. Long assentiu em aprovação.

Esticou o chicote de corrente e o enrolou na cintura como uma faixa, amarrando as pontas na frente. Era assim que seu avô carregava o próprio chicote de corrente para a batalha.

Com a espada empunhada, Long atravessou o quarto e encontrou a porta secreta que levava à rota de fuga do Imperador. Não tinha a chave, mas descobriu que de dentro não precisava de uma. Abriu a porta, atravessou-a e a fechou após passar. Os outros entenderiam se ele não se despedisse. Sabiam onde encontrá-lo.

Virando as costas para a Cidade Proibida, Long se dirigiu às cinzas do Templo Cangzhen.

Impresso na Gráfica JPA Ltda.,
Rio de Janeiro – RJ